命运早晚 会让我们相遇的

叶酱 图/文

四川人民出版社

目录 ⧖

感谢我的父亲母亲、潘先生、Forest 小姐、饭君

第一辑

东京上野公园的樱花

与寿司职人的对话 ⌛

什么叫作把一顿饭吃成考试，数寄屋桥次郎家的寿司算是让我体验了一次。

数寄屋桥次郎本店在银座，若不是资深日系吃货，光听这个拗口的名字一定没有反应。如果换一个说法"寿司之神"，那估计一大半人都会瞪大眼睛感叹，"你吃到寿司之神了么？"

拜美国人拍摄的纪录片《寿司之神》所赐，小野次郎镇场的本店瞬间成了全世界吃货的角逐之地，"提前一个月开放定位"只是一个传说，因为电话永远占线中不可能打通，就算你捧着三万日元直接跑去店里，撂下一句"下个月任意哪天有位都可以"，也有可能换来次郎悠悠的一句，"不好意思，都满席了。"

但是，预订小野次郎二儿子小野隆士六本木的分店并不太难，只不过打电话过去还没来得及开口，对方就劈头一句，"请问是您本人来吃么？"如果答案为否，那么就连查位的机会都没有了。我和很多人一样，订六本木店时还抱着一丝侥幸，"或许能通过这个渠道得到预订本店的金钥匙？"

要我看，对于第一次吃高级寿司的新手，拘泥于本店或分店是完全没有意义的，就好比让一个从没吃过鱼子酱的人去辨别伊朗 Almas（世界上最贵的鱼子酱阿尔玛斯）和俄罗斯黑鱼子酱的高下是大可不必的。作为入门级，六本木店也已经够高阶了。

离用餐还有大半个月，内心已经蠢蠢欲动，算起来还是第一次吃这样的高级寿司，这场硬仗该怎么打？

跑去书店买了一本寿司图鉴，参照 Tabelog（日本的餐厅点评网站）的评论提前做功课。为排除所有不确定因素，索性提前一天来到东京，住到朋友家里，翌日早早出门来到六本木之丘——一片集合购物商城、娱乐展会、美食馆和公寓的复合区域。可想而知，数寄屋桥次郎六本木分店的难找程度再刷新高。

开场前十五分钟，总算和 Forest 小姐在一栋高层公寓楼隐蔽的角落里找到了它，看起来就像小区里极不起眼的小吃店，住客们穿件睡衣就能下来撸个串的感觉。事实上，一靠近门口，看到刻在大理石

墙壁上大大的"鲊"字，一股凝重的空气飘忽而至。我们赶紧跑入旁
边小广场的阳光下，准备缓一缓。

⧗ 东京数寄屋桥次郎六本木分店

"是不是心跳得厉害？"我问。

"比高考前还紧张好吗！"Forest 小姐答。

"还有五分钟，马上要登台了。"心里想着，感觉两人快哭出来了。不怕，又拿出"寿司礼仪"温故一遍，别的不说，至少"点酱油"这一环不能看起来太外行，一上来把旁边生姜吃了，或是把芥末融入酱油的做法，立刻出局。

次郎家也出过一本寿司食用指南的小书，里面提到几种错误的食用方法，其中最恶劣的是把米饭上的鱼片单独夹起来吃，次郎直言不讳，"这是对寿司职人最大的侮辱。"看到这里心一惊，但这还不算什么，还有让人听了想摔门而出的规矩，比如在撩起寿司店门口麻质暖帘时，手掌应该放置在离底部八厘米的位置，和门帘呈四十八度角轻轻掀开俯身而入。真要熟练做到这一步，大概先得花一大笔钱去吃十几家高级寿司店专门练习才行吧。

十一点三十分，小哥准时出来挂上暖帘，翻起"营业中"的牌子，我俩走入店里，寄存好包和大衣，忐忑地问了下能否拍照，得到的回答是，"只要不把别的客人拍进去，食物和店员是可以的。"

吧台还有一对日本老年夫妇，一对香港来的母子，午市第一场就我们六人。考虑到 Forest 小姐不是很能吃刺身的体质，我又不能喝酒，于是放弃酒肴（刺身类的下酒菜），点了只有寿司的"お任せ"套餐。

一般来说，在高级料理店吃寿司分三种，お任せ（完全交给师傅去做和选择，简单说就是给你什么吃什么）、お好み（单点自己喜欢口味的寿司）、お决まり（相当于定食，多少价格就是怎样的组合），价格依次从高到低。

🏺　数寄屋桥次郎六本木分店的吧台

作为吃寿司的"素人"（门外汉），全权交给师傅才是最省心也最优的选择。

旁边两对都要了附加酒肴的套餐，我和 Forest 小姐则直接上寿司，坐在吧台，旁边一个圆木桶里盛着调过味的醋米饭，看着小野桑飞快地掇起米饭，手指好像在跳舞一般，令人眼花缭乱的几个动作之后，椭圆形的寿司米饭成形，盖上切好的夕ネ（寿司米饭上的食材），再捏两下后刷上酱汁。芥末已经由师傅点在鱼片和米饭中间，不需要额外蘸。

右边的老夫妇来自九州，我们几个寿司吃完，老爷爷那盘酒肴还没怎么动。小野桑看不下去了，但并不直说，自顾自介绍起来，"我们江户前寿司呢，讲究的是新鲜，最好拿上来就吃掉才是最美味的，可能跟你们九州的习惯不太一样……"

一般来说，这样的高级寿司，口味大致有个由淡转浓的过程，比如开始是比目鱼、乌贼等白鱼，然后是带银边的鱼类如针鱼、青花鱼，再到红肉，即寿司里的王牌——金枪鱼，以最肥美的金枪鱼大腩作为抛物线的顶端，让味觉达到高潮之后再来一波类似鲑鱼子、海胆、虾之类爽口的食材，最后由甜甜的鸡蛋烧收尾。

　　第一贯比目鱼看上去平淡无奇，却是非常素雅的味道，白肉中隐隐渗出的脂味是甘甜的，一点点在口中扩散开去，你能感到味蕾在一点点被打开，接下来，一个新世界的大门即将打开。

　　　　　　　　　　　　　　　　　　　　　　　　　比目鱼握寿司

　　墨乌贼，并不完全是生的，而是会放到热水里"咻"地烫一下，透明感和鲜味都会增加，光泽可鉴。墨乌贼的口感最具辨识度，带着黏黏粉粉的肉感，混合一股清甜的腥，一吃入口，脑子里就能立刻还原出本尊那张牙舞爪的形象。可惜了，这次没吃到传说中要按摩

墨乌贼握寿司

四五十分钟的章鱼。

　　针鱼在春天被大量捕获，半透明的肉身上镶着一条细细的银线，放入口中的瞬间迸发出浓厚的鲜甜味，微末苦味是后调，让人的的确确感到春季的来临，润物细无声。

　　針鱼握寿司

四五十分钟的章鱼。

　　针鱼在春天被大量捕获，半透明的肉身上镶着一条细细的银线，放入口中的瞬间迸发出浓厚的鲜甜味，微末苦味是后调，让人的的确确感到春季的来临，润物细无声。

　　针鱼握寿司

　　店里准备了中文和英文的鱼类和寿司图鉴，如果有什么不清楚的食材，小哥就会直接拿出来展示，对于专业名词的介绍，没有比这种直观的方式更好的了。在问到"平贝"时，二把手小哥立马从厨房里掏出两块扇贝壳为我们演示，左边大三角形的壳就属于当天那贯平贝的。平贝肉紧致，能感到独特的微苦风味，同时也能感觉到鲜味和甘甜味。

平贝握寿司

⌛ 二把手小哥展示扇贝壳

金枪鱼中腩握寿司　🍶

　　接着到金枪鱼，口味开始转浓。肥美的腹腩肉向来卖得最贵也最受欢迎，但要寿司职人来说，金枪鱼赤身（瘦肉）才是它的精华所在，赤身能呈现出每一条金枪鱼不同的个性和风味，这有点类似老饕们一

▽ 金枪鱼赤身握寿司

致认为的"清淡无味的河豚刺身才是生鱼片的最高境界"。我俗气地更爱肥噜噜的腹腩肉，那种脂香缭绕舌尖缠缠绵绵的滋味只合天上才有啊。

"出世鱼"是江户前寿司（江户即东京，江户前即东京前的海边即东京湾，指用从东京湾捕获的鱼类做成的寿司，强调新鲜）的基本款，也是进入寿司世界的大门。这种鱼的有趣之处在于不同生长阶段的名字不同，大约四到十厘米的幼鱼叫作"新子"，接着是身长十到十四厘米的"小鳍"，再往下长是ナカズミ（中墨）、鮗（このしろ），鱼越小价格越贵。这回吃的是"小鳍"，用醋腌制后像穿着一件银色皮外套，闪着鬼魅的光，拥有可以在舌尖舞蹈的那种鲜味。

　　赤贝长得太卡哇伊（可爱），外观光滑艳丽，像个胚胎一样紧紧包裹在米饭外面，入口时浓烈的甜味中带有一丝涩味，味道迅速在口中扩张，肉质有一点点软骨状的脆感，秀外慧中的典型代表。

▽ 赤贝握寿司

▽ 小鳍握寿司

竹荚鱼握寿司

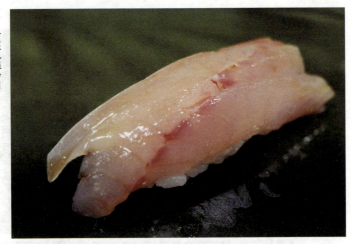

竹荚鱼（鰺）属于青鱼类里脂肪含量较少的，但富含肌苷酸，也就是通常所说鲜味的成分。这种鱼看似平淡无奇，尝起来却有复杂的风味。不过竹荚鱼的肉总归个性不强，需要反复品味才记得住。

鲑鱼子军舰寿司

　　小野桑特别介绍，"我家的鲑鱼子跟平时吃到的会有所不同噢！"原来他家的鲑鱼子没有腌渍过，充满本真味道的清甜，一个个咬破后，迸出来的汁液与刚烤好微热的海苔融合在一起，微腥的黏稠，像是夏至未至迎着扑面而来的海风，站在沙滩上吃一根西瓜冰棒似的爽口。

第十一贯是虾，这一贯最考验寿司职人对水温的掌控，关键是要恰到好处地让煮熟的虾呈现最强悍的虾味，多一分就老了。首先呈上

带着尾巴的虾　⧖

来的虾带着虾尾巴，待我拍完照准备开吃时，小野桑又特意拿下去把
虾尾巴切掉，"这样既不影响美观，也让客人吃得没有顾虑。"

⏳ 切掉尾巴的虾

海胆军舰寿司

做海胆军舰寿司（用海苔将米饭围起来，上面放鱼子、海胆等配料的寿司即军舰寿司）的时候，眼见小野桑从木盒子里狠狠挖出几大勺海胆，黄油油的一片叠一片盖满整个舍利（日语里寿司米饭的代称），堆成小山包一样，看得我俩心潮澎湃。海胆作为与寿司米饭气味超级相投的食材，放入嘴里瞬间满溢丝滑的鲜甜味，如果一定要把"入口即化"这个被用滥了的词安在一种食材上，那我双手双脚投票给海胆君。

吃到一半想起来，要不试探性问问怎么样才能够预订到银座本店吧。

"那个，下次有朋友想吃的话，不知道要提前多久才能预订到银座店呢？之前电话怎么都打不通呢。"其实这个"朋友"就是我自己啦。

"你想想，每天从世界各地，有那么多人同时在打同一个电话，打通的话就是命运，打不通那就是没缘分，不必强求噢。"

小野桑避开正面回答，不知不觉绕到了日本人对情和义的理解上面，"义，是不得不做的事，好比我开这个店就应该努力把它做好，让客人满意。情，则是自己想做的事。如果只有义而没有情，我认为没有办法把一件事做到完美。"

我想，这大概就是把料理做成一门艺术的窍门吧。

师傅在捏寿司 ⧖

⌛ 师傅在给寿司刷酱汁

　　鲭，也叫青花鱼，是日本最家常的食用鱼之一，一般用醋腌过后作寿司材料用。像奈良的柿叶寿司，青花鱼的油脂混合了叶子的香味，还带有一种充满情欲的腥味。奇怪的是，即使对于那些不太爱好海鲜的人来说，都极好入口。可能这样说更准确，青花鱼的美味是直击人心的，雅俗共赏的，没什么门槛。对一种美味的食材来说，这就足够了。作家水上勉先生很爱吃青花鱼寿司，他曾经这样写道，"米饭与青花鱼的搭配，恍如男女交换的性感。"

青花鱼握寿司 ⧗

⏳ 穴子握寿司

　　穴子，即海鳗，相比鳗鱼脂肪含量没那么多，这一款寿司在酱油打底的基础上，还要再涂上一层タレ（酱汁），对鳗鱼控来说，这种糯香真是能把魂在瞬间勾走。

金枪鱼大腩握寿司　

澳大利亚留学归来的靓仔算是二把手，在一旁切鱼，同时肩负着英文沟通的重担。当然，能够获得上案板切鱼的资格，已经是修炼到比较高的层级了，少说也有三五年。刚入行的新人，只有打杂的份儿。

另一位脸圆圆的小哥大概是新人，面对客人一直很紧张，频频出错，用日语说就是"不会读空气"。我们放寿司的板上留下一粒米饭，新人本应该在看到后立刻擦掉，小野桑一副恨铁不成钢的样子，转过身予以呵斥，小哥更紧张了，脸涨得通红，马上奔过来擦掉米粒，连连九十度鞠躬道歉，连我都于心不忍想要去安慰小哥了。我一个付钱来吃饭的客人都紧张成这样，更别说在大家面前做错事的学徒，压力可想而知。

十四贯寿司吃完后，到了追加环节。圆脸小哥拿出一个木头盒子，里面盛着几种时令食材，如鲍鱼、贝类、海鳗等。我不能免俗地追加了一贯"上卜口"寿司，也就是顶级的、脂肪含量更多的金枪鱼腹腩。

　　真正的美味到达一定境界，会让你吃完后不舍得去吃下一样东西，怕舌尖残留的余味被遮盖，还想一个人躲起来，细细地不受打扰地品味一番。可惜当下这两种心愿都没法满足。很快，收尾的定番（规定菜式）来了。

　　最后一贯是鸡蛋烧，纪录片《寿司之神》里有一段提到，学徒中泽做了整整二百多次鸡蛋烧，才算获得认可，这一刻他几乎喜极而泣。在小野隆士的父亲、寿司之神小野次郎门下学习了十一年之后，终于被宣布成为"职人"，后来中泽被纽约餐饮集团挖走，成为纽约中泽寿司的主厨，而眼前的这位圆脸小哥，尚路漫漫其修远兮啊。

　　Forest 小姐细心地发现，端给男性的鸡蛋烧是一整块，而给女性的则是切成两小块。问小野桑，他还是一贯地有话不直说，"这种温柔（優しさ）噢，对于比你弱的人是体贴，而对于比你强的人就是拍马屁了。"

鸡蛋烧

话匣子一下打开了，"那个美国总统奥巴马啊，一周前突然任性（用上了わがまま这个词）地说要吃我家的寿司。可是没有位置了啊，本来想拒绝的，后来美国大使馆派人来说情，我爸爸只好等别的客人吃完后，临时给他和安倍桑加了一场。"小野桑回忆起来有点无奈地说。

纪录片里有一幕是大儿子小野祯一坐在店外过道上烤海苔，看似不经意地说道，"我们并不想拒人于千里之外，我们使用的技术并非不传之秘，只是每天不断重复的努力。有些人生来就有天赋，有些人有敏感的味觉和嗅觉，这就是所谓的天赋。在这一行里，只要够认真，手艺就会纯熟，但若想成名立万，便需要天赋。剩下就看你有多努力了。"

在日本，料理这一行就是苦出来的，也亲眼见过菊乃井厨房里的研修小哥受不了压力，短短一个月就离开，别的厨师跟我说起来是不屑加惋惜的口气，"他逃走了！"用的是"逃"这个字。

也有忍辱负重五年十年，最终出去独立门户或寻得其他出路的，而在此之前，一点也不夸张地说，既要忍受前辈的责骂和教训，还要忍受超长的工作时间，往往从早上八九点开始一直要干到晚上十二点，吃住在店里，简直就是身处魔鬼集中营。

从小野桑的话里能感受到，他开这家店，不仅是要给客人提供从心底感到美味的寿司，更肩负着要把"真正的寿司"传播出去的愿景。

✕ 东京数寄屋桥次郎六本木分店店主小野隆士

父亲小野次郎在片中说道，"让他出去开店，是因为我觉得他准备好
了，但我告诉他，你已经没有回头路了，你必须自己走出一条路。有
些父母会说，不行的话就回来吧，那样孩子就会一事无成。"嗯，成

二 市场售卖的鱼刺身（阔夫塔摄）

为独当一面的"一人前"（日语中指够格的成年人），这才是对孩子应有的期许。

让人纳闷的是，纪录片里那个在父亲面前沉默寡言的二儿子，如今怎么在自己店里成了话痨。他曾说，"我父亲的手艺无人能比，我无法超越他，只能降低价格来满足客人。但有人说在他店里用餐实在太紧张了，而在我店里却轻松很多。"吃到后来和小野桑聊开了，倒觉得的确如他所说。而我，也从刚进门时那个只顾好好"表演"的客人，变成了一个吃得心满意足的馋人。只不过味蕾和大脑同时承载的信息量太大，需要好好缓一缓才行。

在我为时不长的觅食经历里，这顿饭会作为一个特殊的存在，一扇开启新世界的大门而被铭记于心吧。

最后问了我的名字，小野桑写下一张囧囧的名片，抬头写着"好朋友叶酱"，下面署上他的名字送给我作为纪念，还主动提出合影留念。不过要真能跟他成为好朋友，那也是莫大的荣幸了。此刻，让我遥望着东京咽一下口水吧。

欣赏一枚天妇罗所需的修炼 ⧖

"最能代表日本美食的东西是天妇罗！"蔡澜先生曾信誓旦旦地说。

连天妇罗这个名字都是舶来品，能代表日本么？我有点不太相信，但只吃过超市天妇罗似乎又没什么发言权。彼时对客居京都的我来说，天妇罗之神早乙女哲哉先生的"是山居"餐馆在东京太远，那就把初次献给京都米其林天妇罗——"京星"好了。

京星是常见的家族经营，大将（日本料理的主厨）榊原俊德是第三代当家，一九九一年接手后开始独当一面。店里只有大将和母亲两人，母子俩特别和气，令人放松、舒服。他的弟弟榊原茂弥在东京银座也开着一家天妇罗店"七丁目京星"，且是唯一一家获得过米其林三星的天妇罗店。

京都京星大门口

天妇罗一词源自葡萄牙语，但它却和荞麦面、寿司并称"江户三味"，很奇怪吧，外来的油炸食品居然变成了日本料理的代表之一。

对于天妇罗到底是什么，早乙女哲哉先生在一个采访里如此解释：

天妇罗的"衣"（裹在外面那层的空气、水和面粉的混合物）炸后脱水变脆，水分带走食材的生味，没有水分的"衣"会迅速升温到两百摄氏度至两百一十摄氏度，此时的状态接近"烤"。但在"衣"的包裹下，内部食材本身不易脱水和升温，大多维持在一百摄氏度至一百二十摄氏度，就像在密闭容器内进行"蒸"。

他一副恍然大悟的样子，在入行五十年，炸过两千多万个天妇罗之后，终于想明白了，"炸天妇罗，其实是在同时进行烤和蒸！"

但同样是炸，为什么有人炸出来就是米其林，有人炸出来只是路边摊呢？真正的差别在哪里呢？

油是决定天妇罗最关键的因素。芝麻油最主流，有的店也会用棉籽油或独家调制的食用油，温度控制在一百六十摄氏度至一百八十摄氏度之间。

蘸料一般来说是天妇罗蘸汁和白萝卜泥，天妇罗蘸汁混合了高汤、

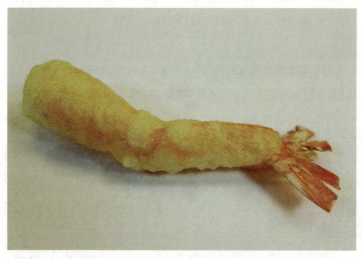

炸虾天妇罗

味酬酱油和砂糖，比较淡口。白萝卜泥有解腻的作用。根据天妇罗食材的不同，有的还可以蘸酸柑汁，或蘸抹茶盐、柚子盐、咖喱盐，等等。蘸料千变万化，宗旨就是，寻找最适合它的那一种搭配。

京星没有天妇罗蘸汁，只用柠檬汁和盐做蘸料。纯白色盐木是六十多年来没变过的独家特制盐，并不太咸，且含有微微的甜味。日本有句古话叫"たね七分に腕三分"，意思是"七分材料，三分手艺"。食材不好，丢进一汪红油的火锅里还可以蒙混过关，若拿来做寿司或天妇罗，立马原形毕露。

⏳ 京都产胡萝卜

　　他家的"衣"没有加鸡蛋，炸出来之后透明感很强，用个不恰当的比喻，仿佛裹了一层马王堆出土的蝉衣素纱，跟超市里下多了面粉、裹着一件棉大衣似的天妇罗有天壤之别。有种说法是，真正厉害的天妇罗，炸后放在纸上，客人用筷子夹起来后发现纸上一滴油都不沾。

幼香鱼海苔卷

一向不赞成以绝对理性的标准去评判料理，一件从摸索和创造中得出的美事，若变成死板的方程式就扫兴了。做菜这件事，多一点不可预期性，才显得美妙。

那么，就让京星的天妇罗大餐开始吧。打头的是四四方方的一块

蟹腿和牛油果海苔卷

"虾肉三明治"，薄薄的"衣"下面是两片小面包，中间夹着虾肉泥。

再来甘鲷的头，这大小看上去应该是幼鱼，皮肉相连处尤其鲜嫩。"炸"这一过程的双重性显而易见，皮骨像被烤过一样酥脆，而鱼头里的肉却保持了蒸出来的原本鲜味。

接着第一尾虾，天妇罗看似不像怀石那么死板，但也有约定俗成的规矩在。虾一般开头会来一两尾，中间来一尾，最后再来一尾，数量没有明确规定。

等到一个螺旋形的东西上来，一直保持沉默的大将开口了，你们猜猜这是什么食材？大将母亲也在旁边乐呵，一副你们肯定猜不到的样子。

"南瓜？番薯？啊，我知道了是炸土豆。"

全部被否定，公布正确答案，是"胡萝卜"。不知是怎么做到像蛇一样扭曲在那里的，见我一副目瞪口呆的样子，大将像个小孩子一样得意地笑起来。

看来京星的大将真是有拗造型的嗜好，六尾幼香鱼（冰鱼）用细海苔捆起来炸。芦笋也拗起造型来。紧跟着还有"疾走的蚕豆""Jenga（叠叠乐）形的豇豆""交叉的小玉米"，都是先用竹签串起来之后油炸，炸完再把签子撤掉，形状就固定好了，真是写意哎。

蟹肉系列有"紫苏卷蟹腿肉"与"蟹腿和牛油果海苔卷"。牛油果是百搭食材，平时早餐我老这么干：半个牛油果碾成泥，加点盐和黑胡椒搅拌，夹在吐司里吃简直棒呆。做成天妇罗呢，也很吻合它的气质。

日本琵琶湖产的西太公鱼，和香鱼是近亲，直接靠两个鱼鳍立在纸上的造型有点惊艳，好像马上就要变身飞鱼展翅翱翔。香鱼类不管是烤还是炸，一般都是整个儿吃，包括有点微苦的头部和内脏。好多人不习惯这苦，我倒是赞同日本美食家北大路鲁山人，觉得香鱼就是鱼肉的鲜香与内脏的苦味平衡在一起，成其为精华。

意外的是，全餐的亮点竟然是一道不起眼的炸萨摩芋，它并非什么名贵食材，其实就是红薯，像是给一个土里土气的乡村姑娘披了件金缕玉衣，结果呢，没有任何不和谐，居然幻化出一种奢侈感，吃的时候蘸白兰地酒和砂糖。只能一个劲地对大将说，"好有趣啊！"回来后依样画葫芦试过一次，家里没法起炸锅，那就稍微煎一下，发现有异曲同工之妙。自此开拓了一种新的可能——高级料理里吃来的菜，也并非完全不能仿效。

个人觉得天妇罗之所以好吃，在于它可以用来参差搭配主食。油炸的东西荤腥，最好配素净的主食。浇上酱汁配白米饭就是"天丼"

炸琵琶湖产西太公鱼

（天妇罗盖饭），配荞麦面就是"天せいろ（天妇罗蒸笼荞麦面）"，或者像京星最后来一碗干干净净的炸虾饼茶泡饭。

可为什么吃完这样一顿高级天妇罗却仍然感到微微的不满足呢？从头到尾几乎一直是在吃天妇罗本身，况且那天除我们之外，只有另外两位客人的预约，其中一位还被堵在路上，等我们都吃完了才刚刚赶到，害 Forest 小姐又替店里担心了一整晚的生意。也可能因此造成了给我们上菜的速度偏快。

后来去东京的天妇罗名店深町，吧台和桌子都刚好坐满，入胃的频率就正正好。

渐渐才想明白，面对高级天妇罗，其实应当扭转对"炸"先入为主的概念。炸鸡好吃么？往往滋味全在最外面一层，求的是个爽脆。还有一些小吃，比如油条麻球之类，主要拿米配粥或豆浆，就是要吃个油味。天妇罗则完全相反，吃的是那一层"衣"衬托出来的里面食材本身的味道。

这大概就是天妇罗之所以为天妇罗的原因吧，是不是"最"不好说，但它的确是能代表日本美食的一种食物啊！

和牛寿喜烧——吃肉即正义 ⧗

　　寿喜烧,这个乍看有点喜庆的名字译自"すき焼き(sukiyaki)",
通俗点说,就是日式牛肉火锅。然而正统关西(指日本本州以京都、
大阪、神户为中心的地区)风味的寿喜烧并没有火锅的感觉,不会
吃得一身味道,也不会满屋子热气腾腾、油烟滚滚。寿喜烧的情绪
是很收敛的,必须要整个房间安静下来,才能听到油脂与铁板间"哧
溜哧溜"在交欢的声音,跟京都风情像得很。

　　其实最早时,它有个更接地气的名字叫"锄烧",意思是放在
农民扁平的锄头上,以锄头作铁板来烧烤,上面可以放自己喜欢的
鱼类、鸡鸭肉类和蔬菜,等等。毕竟日本吃肉的历史很短,差不多
要到十九世纪中下叶,横滨开港之后,才从居留日本的外国人那里
学到"可以吃牛肉"这件事,而且发现牛肉居然那么好吃!于是一
发不可收拾,便开始蓄养食用牛,有了寿喜烧的前身"牛锅"。谁

能想到一百多年后，以神户牛打头的"日本和牛"会横扫牛肉界，成为世界顶级美食的接头暗号。

提到日本的寿喜烧名店，有东"今半"西"三嶋亭"的说法。关东（指日本本州以东京、横滨为中心的地区）寿喜烧的做法跟关西有所不同，关东会先放入调制的汤汁和蔬菜，然后放肉，更类似火锅的感觉。而关西恰恰相反，一枚牛油热锅，才有底气呈现最完美的肉。

把一顿寿喜烧拆开来说，主要包含三大元素：牛肉、大米和蔬菜。再深究下去，白糖和鸡蛋的产地和质量，酱汁的调配等也会影响口味体验。常有朋友会问，能不能推荐一家专吃神户牛（或松阪牛、近江牛）的寿喜烧店？事实上，很多老铺并不拘泥于某一种牛，而是根据当时的货源情况来进货，这才符合和食里面"旬"（时令）的观念嘛。

京都所处地理位置极好，离三大和牛"松阪牛""神户牛""近江牛"的产地都很近，况且向来有爱吃的传统，作为固定客源的老饕和名流也不少。在遍地几百年老铺的京都，一八七三年创业的三嶋亭算不上历史太悠久，但来头也是不小。侍奉过公家（贵族）的创始人三嶋兼吉，和妻子亭一起跑到横滨学牛锅，明治六年（即一八七三年）回到京都，就在现在寺町通三条的位置开了店，一百多年来没有挪动过。"三嶋亭"三个字，实际上是由创始人"三嶋"

和妻子"亭"的名字合并而成。反正有好的肉源，经营餐厅的同时也卖肉，一楼门店旁就有个小肉铺，红艳艳的一片，不少有钱又讲究的当地人就直接来三嶋亭买牛肉做家庭料理了。

他家官方网站上隔三岔五会更新公告，"平成二十七年（即二〇一五年）十二月三日购入一头得了京都市长奖的牛吔，识别号码为××××，一位一万九千零八日元，熟成日三十天以上，从

京都三嶋亭的古风老房子　▣

明年一月八日开始提供，快点来预约噢！"滋贺县近江牛、兵库县神户牛、岐阜县飞騨牛、三重县松阪牛、获得农林水产大臣奖的牛、得了京都府知事奖的牛……咦，难道在日本当官还得设立一个奖跟和牛搞好关系？还真是不容易。

有一年樱花季带爸妈去吃三嶋亭，只订到下午一点的席位。用毛笔书写的客人名字挂在房间门口，古朴的小茶室，有穿和服的女招待入室帮忙烹制。三嶋亭的肉质不错，口味上来说有些偏甜。森见登美彦的奇幻小说《有顶天家族》背景设在京都，里面的"星期五俱乐部"就选在三嶋亭举行宴会来着。

非要说历史，还是一八六九年创立的森田屋（モリタ屋）领先了一点点。作为京都最早的牛肉屋，连大正天皇（昭和天皇裕仁之父）即位时的特选牛肉也是由森田屋献上的，后来还为京都三大祭之一的"葵祭"巡游提供自家牧场的雄牛以充当临时演员，作为一头好吃的牛也是蛮拼的。

但即使对三条一带那么熟，也难免会一不小心从森田屋的门前错过。不少鸭川边的餐厅往往要先经过一条羊肠小道方能到达，且招牌极不显眼，几乎挡掉了所有一时兴起的过路客。食客多是专程而来，为了好吃的肉，自然要郑重。

八千一百日元的特选牛肉套餐，会先上一个小小的八寸（指五到七种小菜组成的冷菜拼盘）。女招待坂口桑三十多岁的样子，流露出很京女（京都的女人）范的亲切，但也愿意跟客人讲笑，用那种微微带一点好奇的眼神和口气，一下子就令人很放松，完全没了拘谨。

用完小菜，热酒下肚，胃口已开，现在到了火力全开迎接大肉的时候了。不同于三嶋亭六边形嵌在桌子上的铁锅，森田屋直接采用架在桌上的圆锅。先在热锅里放上一小块牛油，把锅抹均匀了，然后下肉。趁肉还是红色的时候，半边锅里铺好蔬菜。寿喜烧的蔬菜标配是大葱、豆腐、洋葱、面筋、茼蒿、牛蒡。等肉变色，香味勾出，再注入特制酱汁，撒上白花花的一层糖。

照例是三片肉。第一片肉充分吸收了高汤和酱汁，趁热往盛在一只碗中的蛋液里一滚，肉被蛋液包裹住了热气，吃起来里面的肉还是柔嫩无比，外面的蛋液又增加了口感上的滑腻。

配上饭吃第二片和第三片肉，蔬菜也在酱汁中舒展开来。寿喜烧带来的幸福感非常饱满，直击人心，没有多余环节。如果说烤肉像刚运动完洗好澡出来的健身教练，充满肉欲的诱惑，寿喜烧则如魔女的身段，轻盈有力。好的牛肉，两三片足矣，入口时的幸福感足够回味到第二天早上。这种有点奢侈的美味，隔段日子来一次就好。要尽兴享用，也要小心珍惜。

归结起来，相比铁板烤肉，我更爱寿喜烧，总觉得它更接近日本的精神，那种甜味，是不太张扬的，带着一串口味上的密码，懂的人才能破译。加之房间里不会乌烟瘴气，大快朵颐也能吃得文雅。窗外是夜晚安静的鸭川，有时轻轻飘起了雪，屋内便被隔绝成了一个温暖的世界。突然觉得除了怀石料理，边吃寿喜烧边听鸭川水，也是享受"京都感"的一种方式。

话说十九世纪六十年代，在横滨有家名为"伊势熊"的居酒屋，老板预见到牛肉的未来前景，不顾妻子以离婚相要挟，毅然开了间专吃牛肉锅（牛なべ）的餐厅。结果妻子说，那好，我经营我的居酒屋，你去搞你的牛锅店。

结果可想而知，牛肉锅餐厅大获成功，居酒屋却越来越寂寥。然后大家还发现，相比进口牛肉，好像还是神户的牛肉更好吃一点，神户牛肉的美名就这么传扬开来。

世界上的很多食物都是如此。番茄一开始被视为有毒的狼果，直到有视死如归的勇士品尝，发现居然如此美味，勇士居然也没有死！因为天皇禁令而不得吃肉近千年之后，猪肉牛肉诸君终于在明治维新以后重见天日，翻身做主人，炸猪排饭、叉烧拉面、牛肉铁板烧、寿喜锅纷纷涌现……

好吃的东西，就算来迟了，相见恨晚也是好的。刚开始那些士大夫阶层的人还端着架子，遵循旧习不肯踏进牛肉屋，倒是无所顾忌的下町（商业手工业者聚居区）庶民、人力车夫、落语家（类似中国的相声演员或说书人）、艺伎、书生等频繁造访。后来，政府发现这股浪潮抵挡不住，索性开始正面宣传，说"牛肉嘛，是文明

京都森田屋女招待给锅里浇高汤

的药剂，可以滋养精神，健强肠胃"，其实大家都心知肚明，不过是需要有人出来高呼一声，为吃肉之道正名。

因为好吃的肉，就是正义嘛！

京都森田屋的牛肉寿喜烧 🍷

野田岩的销魂鳗鱼饭 ⧗

作为鳗鱼饭的死忠粉，住在京都的时候早已尝过不少鳗鱼饭名店，岚山的"廣川"、祇园的"祇をんう"、丸太町的"まえはら"，都获得米其林一星称号。自从把京都的鳗鱼饭"御三家"（指同一领域公认的前三名）都尝过一遍之后，又产生了一种非常奇怪的感情：无法餍足。对于鳗鱼饭，关西流派的做法是腹开式，跳过蒸的步骤，串在叉子上直接烤，味道虽好，但总觉得这美味没到底，还可以更上一层楼。不如去东京的鳗鱼饭老铺五代目野田岩试试？

这间老铺创业于一八〇〇年，已经有两百多年历史，店主金本兼次郎先生已是第八代传人，料理鳗鱼的技巧得过政府颁发的头衔，和寿司之神小野次郎、天妇罗之神早乙女哲哉相并列，被称为"鳗鱼之神"，说是"日本国宝"也不为过。蔡澜跟他有交情，吃完请店主再拿一样珍味出来尝尝，于是金本先生上了鳗鱼"筏烧き"，这是把许多小鳗鱼串起来烧烤的形式，亮点在于鳗鱼里包着从巴黎购入的伊朗鱼子酱，极尽奢侈。

有本事的人自然可以任性，金本喜欢法国，不顾家人反对，执意在巴黎开了一家野出岩分店，鳗鱼并非日本空运，而是用荷兰湖里的野生货。要知道，如今日本也没几家店敢于宣称使用天然鳗鱼的，野田岩是其中一家。不过天然鳗鱼只在四月到十二月期间供应，并非日日有，完美的鳗鱼饭也不是那么容易吃到的。很可惜，我三月下旬去的东京，时运不济刚好错过。

日本从江户时代起，有在"土用之日"（七月二十五日前后）吃鳗鱼的习俗，那是一年中最炎热的时节，被认为消耗体力最多，也最需要营养丰富的东西来补补身体。从前鳗鱼就是昂贵的高价品，哪里是天天吃得起的，这更像是人们在苦日子里找个偶尔奢侈一下的借口。事实上夏天的鳗鱼清瘦，秋冬才肥美。要我说，香浓甜腻的蒲烧鳗鱼饭，在寒冷的冬季啖上一大碗才是美事。

先蒸后烤一直是江户式鳗鱼料理的主流，谷崎润一郎的长篇小说《细雪》里几位大家闺秀去东京探亲，必去"大黑屋"吃一顿鳗鱼饭。另外"竹叶亭""神田川"等老铺也是大名鼎鼎，但在各位老饕笔下，好像还是野田岩更胜一筹。该店不仅在池波正太郎的《银座日记》里登过场，昭和天皇和宫内厅（日本掌管皇宫事务的机构）的人也时常光顾，甚至在明仁亲王的婚礼发布会前夜，宫内厅明仁

京都廣川的鳗重 ⧖

的老师小泉信三等人为了避开记者都跑到野田岩二楼躲起来。

　　直到吃饭那天我才明白，为何宫内厅的人会选择那里作为藏身之地。由女招待打着伞引到别馆，仍旧是飞驒高山古民家的土藏造风格，古色古香的一栋大房子，一楼只是厕所和玄关，一架旋转木楼梯通往二楼。木格子的大门紧闭，寂静无声，接着按下开门键，拉门缓缓移开，一个五光十色、觥筹交错的新世界蓦地在眼前展开。女招待们的和服各不相同，明快不拘的花样，背后的太鼓包腰带随小碎步上下晃动着，再往厨房内细声叫道"麻烦来一份鳗重"，顿时江户风情满溢。

　　前菜鳗鱼冻晶莹剔透，像是一块刚凝结起来的琥珀。没有任何心理准备地尝了一口，脱口而出"真好吃"。吃和牛时没能精确感受到的"入口即化"，居然在一家鳗鱼餐馆切身体会到了。鱼冻中留有浓度极高的鳗鱼鲜味，满口清香，简直可以下一合（一合相当于零点一八升）日本酒。

　　接下来是白烧鳗鱼。白烧与蒲烧相比少了浓郁的酱汁，纯粹是靠"蒸"和"微烤"来引出鳗鱼本身的香味。红色漆器正中央静置着一块如玉般洁白的鳗鱼，如待嫁的新娘。左下角有一小撮盐，虽说白烧鳗鱼搭配芥末和酱油也可以，但最简单的吃法，蘸盐，才是最美味的。不加多余调味料的白烧方式，要对食材有极大的信心才行。筷子触到微焦发黄的鳗鱼，翻露出雪白的肉，嫩滑和糯软的融合口感，如清澈见底，不慌不忙，缓缓流过的鸭川。

　　然而一家鳗鱼餐馆功力的好坏，最终还是要看"鳗重"的水准。鳗重即装在重箱里的蒲烧鳗鱼饭。重箱则是指盛食品用的多层方木盒。只见女招待神情凝重地端上压轴的黑色重箱，再配一碟腌菜和白萝卜泥，一碗鳗鱼肝汤。打开漆盒的盖子，醉人的香气瞬间灌满全身所有的感官。

　　很多鳗鱼饭虽然好吃，但不会让人下意识地发出"真美味"的赞叹，需要转个弯，回味一下，再搜索一下脑海里的形容词。而真正有冲击力的鳗鱼饭，它的美味是在瞬间爆发出来的，清亮的黑色酱汁融入米饭，和香软的鳗鱼肉交织在一起，入到口中，令大脑一片空白，意识如断片一般停滞三秒，然后便马不停蹄地埋头扒饭吃起来。

早就听说在野田岩吃鳗鱼饭要花得起时间，点菜过后起码要等四十分钟才能上桌。问老板为什么，笑答，"古时候鳗鱼店看到客

东京五代目野田岩餐厅内

⌛ 东京五代目野田岩的鳗鱼冻

人来才开始劏（宰杀），喝两三瓶酒耐心等是常事。现在的人啊，越来越没耐心了。"

现点现做的鳗鱼，"首先要蒸了，然后放在炭上烤，待皮和肉之间的脂肪烤到全熟为止，要翻三十六回，蒲烧的话一面烤一面淋酱汁，四次左右。没有死硬规矩，靠眼睛看，靠鼻子闻，直到颜色漂亮发光，闻到脂肪滴在炭上的香味够格为止，"金本先生如是说。烤鳗鱼的火候相当重要，烤过头就失去了油脂的肥美味，烤得不够又容易有腥气，这种拿捏得当的经验只能靠日积月累，着急不来。

　　野田岩采用茨城县霞之浦的天然鳗鱼，老板得一家家批发店跑，碰运气，少的时候可能只找得到两三公斤，"那种感觉只可以用孤寂来形容。"

　　但吃到后来发现，多数极其美味的日本料理，都是从"孤寂"中发展出来的。连鳗鱼饭这种看似热闹的食物，也离不开"孤寂"所助的一臂之力。

荒山野岭里的森女系餐厅 ⏳

　　难找，似乎已经成了一些米其林餐厅的标准配置，在小巷弄里的、位于地下室的、不挂招牌的、挤在民居中的、坐落于荒野之中……怎样的都遇到过，从一开始的"哇，居然开在这种地方"，到慢慢习惯这种画风。

　　本来嘛，这些餐厅也不需要靠声势浩大来撑场面，不像日本的"蟹道乐"，在哪儿都要挂出一只招摇过市的活动大螃蟹；更不是靠连锁店打天下的"吉野家"，需要一个醒目配色的logo，让人在几百米之外都能看得清清楚楚。

　　我把它们叫作"隐士系餐厅"，不声不响的姿势，完全不去推广自己，最好就那么少部分人知道，更不会遇到观光客，关起门来专心做料理，跩也跩得有格调。

奈良的新日本料理餐厅"食の円居",走的就是这种路子。

去之前早有心理准备,但在平城站下车后,荒僻程度还是远远超乎想象。穿过货真价实的田埂小路,又沿着人迹罕至的国道步行二十分钟,刚到日本才一天的 Forest 小姐表示无法理解米其林餐馆的选址思路,总觉得如果不是我带错了路,就一定是暗怀鬼胎打算把她卖掉。

食の円居的入口

终于，田野的尽头突兀地出现了一片梦幻般的小树林，一块木牌上写着小小的餐厅名，简直像寻宝游戏，循着箭头又拐几个弯，推开一扇小门进去，隐在丛中的二层木质建筑，蓦地令人眼前一亮。

餐厅是有了，可半个人影都没有，Forest 小姐坚信我再次欺骗了她，她不情不愿地跟我走上楼梯。隔壁开着一间精品店，卖着些摸不着头脑的小盆小碟和布裙子。离预订开门时间还有半个多小时，冷风飕飕人冻得不行，钻进快打烊的精品店，也消磨不了多久，只好又走出去，黑灯瞎火的大马路上只有便利店和加油站的招牌寂寞地亮着，"在日本吃顿饭可不是那么容易的！"

实在冷得捱不住，跟前台姑娘商量提前十五分钟入座。房间里只有我们两人，清一色木质桌椅和地板，服务生皆穿白衬衫黑围裙，一角还烧着货真价实的壁炉，仿佛来到某位隐居别墅的女主人客厅，"真为这里的生意感到担忧啊！"Forest 小姐看着空荡荡的餐厅，杞人忧天起来。

结果快到七点，门口来了几位女客人，接着又是好闺蜜三人行，若不是过五分钟又进来两对情侣，这白色情人节晚上将会呈现"单身女性包场共进烛光晚餐"的宏大寂寞场面。很快，这些不知从哪儿冒出来的客人便陆续填满了整间餐厅。我早已看惯了日本人的准时，倒是 Forest 小姐被吓得不轻，立刻发表了感言："一家开在荒山野岭草丛中，一副要倒闭模样的餐馆，日本人却总归会在开餐前五分钟刷刷到齐，真是匪夷所思！"

食の円居一大亮点是自家酿的果酒，柜台上齐刷刷摆着大小各异的玻璃罐，像女巫家酿了牛鬼蛇神的药酒罐子。经历一番挣扎，我们选了当季推荐的晚白柚和花梨，旁边桌的小伙子则开始从百宝箱一样的袋子里变出一样样礼物给女伴，那，当我们俩也来约会好了，干杯！

抿了一口，比一般果酒的度数要高，往往度数一高，果香味容易被掩盖，这家的倒相反，柚子和花梨的甘香像悠久的后调，有种预感，若不稍加控制，一定在上菜前就咕咚咕咚下肚。果然够惊艳，好想从每一个魔法罐都舀一勺出来尝尝看！

他家强调以当季野菜为本，菜式主要走的是森女系的融合范儿。春天应季野菜配中国风满满的虾肉烧卖；将乌贼打成浆后加入圆柱状水菜中，配白味噌浓汤；用土佐醋加海蕴（主要产于冲绳一带的口感滑腻的褐色海藻）做的开胃啫喱，却装在细长的鸡尾酒杯里；用葛乌冬做的Pasta（意面）；盖上香菇和茗荷（京野菜的一种，属于姜类，外表呈紫褐色，日本代表性的香草）的蔬菜寿司拼盘……

惊喜在烤和牛这道菜上。三片和牛放在一块晶莹剔透的"石头"上，仔细看，这块石头大有讲究，它实际是用盐结晶而成的。肉片本身不调味，靠"石头"渗透增加咸味。和牛也是奈良当地产，肉质不差于近江等三大名牛，有浓浓的脂香，让人想起小时候的猪油拌饭。可惜我面对好吃的东西总是拖拉太久，还剩一块的时候，怎么也不舍得下筷。

"你是想咸死自己么？"Forest小姐发话了。
居然忘了盐板上的牛肉正在默默吸取盐分呢！这最后一片果然咸得我大灌了几口冰水。每逢遇着一道惊艳的硬菜，总是要捶胸顿足一番，如果能让我来个和牛配米饭该多完美！可惜恪守"一汁一饭一渍物"规矩的日本人是不会让你如愿的！

　　等我被牛肉的香味迷得晕头转向，这才上了主食，米饭用的是奈良浅井农园的"ひのひかり"品种，配上菌菇味噌汤。

食の円居盐烤和牛 ⏳

　　菜单下一一写着所用到的奈良本月产食材：菜花、葛乌冬、大和当归、和牛、米饭。果然，吃到的亮点都在这里面了。

　　走出餐馆，立马又回到黑灯瞎火的国道上，接着是静得能跳出鬼的田间小路。回头一看，只剩下漆黑的小树林，好像《千与千寻》里的女孩，坐上水面巴士，那个诡异的小镇瞬间成为背后的幻影。

✕　食の円居开胃啫喱

餐馆也像是神隐了一般，摸摸自己的肚子，真的吃下这么一顿饭了么？不是幻觉么？

但这顿饭也让我明白了一个道理，难怪"森女系"会诞生在日本啊！

为了这杯咖啡，
值得飞往一个国家

　　都说读书百遍其义自见，咖啡这个东西也一样，是凭着热爱喝出来的。雷打不动一天一杯，别说百杯，一年起码也得三百杯吧。东奔西走的日子里，从云南小粒喝到越南滴漏，从印尼土产喝到坦桑尼亚、肯尼亚，最后喝到发源地埃塞俄比亚的街头咖啡摊，喝不起什么名贵的猫屎咖啡，我能做的只有跋山涉水地接近产地。

　　最早对咖啡的认识，跟很多人一样，是从雀巢的速溶咖啡开始的。刚上小学时，雀巢一黑一白两大罐是非常洋气的伴手礼，有时包装盒里还会赠一个金光闪闪的勺子，父母一代大多没有喝咖啡的习惯，总是原封不动放着，等下一次转送给别人，结果放着放着就过期了。

　　那个时候，留在深刻记忆中的不是咖啡，而是一种叫咖啡伴侣的白色粉末，闻起来不香，也并非牛奶浓缩物，而是主要成分为"植脂末"的奶精，总之就是人工合成物，没有甜味也没有奶味，爱吃大概只是贪图一种新奇。

在中国和日本，咖啡都是舶来物，只是日本进入得早，大门一开就没再关上了。京都有许多著名的老式"喫茶店（咖啡馆）"，如 Inoda，挤满年过半百的老头老太，他们从年轻时就开始喝咖啡，早成了一种生活习惯，要一份鸡蛋三明治加一杯牛奶咖啡，看看报纸聊聊天，就这么消磨掉一上午，这不就是广州早茶的日本翻版嘛。

再后来，西方的东西一股脑拥进中国，咖啡摇身一变成了优雅、中产的标志，星巴克门店里蹲满了写作业、自拍、摆弄电脑的年轻人，就是捧着一杯走在路上，自信心都好似翻了几倍。说到这里还是想吐槽一句，星巴克卖的咖啡，明明更像饮料啊。

当然，咖啡是一回事，咖啡馆又是另一回事。

小清新胜地涌出的文艺咖啡馆大多沽名钓誉，只顾着"文艺"，忘了咖啡才是正经事，卖二三十块一杯，跟星巴克等连锁店的一样难喝。咖啡馆虽然成了一种文化标志，但归根到底，能够长久吸引住人的，不是情调、气氛、位置、座椅舒服程度和有没有 WiFi，而是美味的咖啡。

这家 %Arabica Kyoto，不敢妄称它一定是京都最好喝的咖啡，只不过每个小王子都有他心中无法取代的那朵玫瑰嘛，于我而言，独一无二，让人愿意专门飞去喝的咖啡馆就是它了。

　　第一次遇到它是京都东山店开业不久。从八坂之塔的坡道往下走，注意到略右边摆着一张拼色木质长椅，簇新的落地窗，纯白色为基调的简约内装风格，一走进去就被那台印着标志的银色定制咖啡机吸引住了。再看脚下，石砖上也刻着白色的 % 符号。以前这条

⌛ %Arabica 东山店门口

路也走过不下十几回，从没看到过，大概是新开张。

"我要买！"简直是义不容辞。

咖啡就那么几种，拿铁、美式、玛奇朵、意式浓缩，加上简单的饮品也不到十款，都是自家焙煎的，兼卖咖啡粉，但不卖任何甜品。如店名一样，主要卖阿拉伯种咖啡，单子上一眼就瞄到了埃塞俄比亚、巴西、夏威夷、哥斯达黎加等几个阿拉伯种咖啡豆的产地。玻璃柜里陈列的咖啡豆装在麻袋里，给人一种原始粗犷的感觉，正符合我对这种咖啡的印象：如埃塞俄比亚街头喝到的那些，粗粝却纯正，甚至有咖啡渣留在杯底。

买了杯 Short Latte（拿铁），四百日元，比日本的星巴克略微便宜一点。牛仔衣鬈发靓仔主力做咖啡，拉花中间总是爱心，外圈就看心情，有时一高兴，就给我拉个双层爱心，专注做咖啡的表情简直像面对一往情深的姑娘。已经记不清多久没喝到这么赞的拿铁了，奶泡打得细腻均匀，连苦味也是馥郁且温柔的，和那些町屋喫茶店不同，这是一种时髦的在云端的味道，一杯咖啡已经讲述了全部的故事。

店里面摆着一张原木色的大长桌，两侧可以坐人，没有靠背，不过是给客人暂时歇个脚用。毕竟位置接近清水坂，屋里永远坐满了观光客，金发碧眼欧美人的比例极高，也不乏各种穿着花枝招展和服的姑娘。咖啡已经那么好喝了，还有三个靓仔镇店，地段又好，所有的核心吸引力都具备了。

后来一去店里，不用说，牛仔衣小哥就会直接给我做一杯 Short Latte，偶尔也聊上几句，他话不多，有点冷傲的感觉，长相又酷似香港人。因为知道 %Arabica 在香港有分店，心想，会不会是香港小伙呢？

"那个，你是日本人么？"

小哥这才破除了冷傲的表情，一脸无奈地笑起来，"我看上去不像日本人？不会吧！明明日语这么好的说。"

有一位美国小哥也在店里帮手，他当时来日本一年多，收银、点单之类的日语不成问题，话一多就开始抓耳挠腮，哗哗哗蹦英文出来。后来带美国念书的朋友过去喝，一聊之下，发现美国小哥的家乡就是朋友读书的所在地，得克萨斯州一个邻近墨西哥的小城，这种他乡遇故知，跟说起我们都是来自纽约和东京的感觉可完全不同噢，世界这么大，却只需要一杯咖啡的牵引，美国小哥立刻给我俩做了个别致的拉花。

自从发现了这家咖啡店，每天去菊乃井上班前都特意绕一点远路，过来买一杯拿铁，像宝物般捧在手心，屡教不改地总要被烫一

和服变身后去喝%Arabica 咖啡（七姑娘摄）

⧗　%Arabica 东山店的牛仔衣小哥山口淳一

下口。怕溅出来，又要控制好走路的速度和频率，就这样一路走过
宁宁之道，走过大云院的拐角，开始爬坡。

　　这时候才领悟到，捧着热咖啡走路为何可以形成一种悠闲的姿
态，因为想边走边喝又不让咖啡溅出来，走路速度必须放慢，托咖
啡之福，也就变得优哉起来了。说不清到底为何，每天要是不喝一

杯的话，总觉得一天没过似的郁郁寡欢。

菊乃井的老奶奶一看到我端着印有"％"的纸杯进来，就开始笑我，"又去买男前（靓仔）咖啡了啊！居然要四百日元，那么贵，7-11 的咖啡不是才一百日元么？"

如果非要这样算的话，靓仔颜值价值两百日元好了，那么两百日元一杯的美味拿铁简直是值到天上去了。之后和服变身的时候也去过一次，化了妆改了发型，跟小哥们聊了好久，他们似乎没认出这个我，其实跟那个每天裹着军绿色大衣推着自行车冲上来的姑娘是同一个人，就这样，用两重身份爱着这家咖啡店。

一杯咖啡在手，不知怎么的，就好像身上多了一副盔甲。

京都的％Arabica 是看着它从无到有，再到极其火爆又开出分店的。创始人是四十四岁的东海林克范先生，他成长于一个世界语学者家庭，父亲经营公司，从小就被带着满世界跑，去六十多个国家旅行过，高中毕业后移居加利福尼亚，后来因为工作到处飞的时候，遇到很多不同的人，不知不觉总在问自己，"我是谁？我想要过什么样的生活？"

扪心自问许多年后，他终于得出了自己的答案，"我想要接地气的简单生活。"

"我只需要最基本的生活必需品，食物、衣服和安身之所，然后带着孩子去旅行。"

"最终的答案还有一个，就是咖啡。我每天都需要一杯很棒的咖啡，因此才创立了％Arabica。"

为了提供最有保障的咖啡，他索性在夏威夷买了一个咖啡农场，成立了咖啡生豆公司，并且成为日本国产咖啡焙煎机和世界顶级Espresso机（意式浓缩咖啡机）的供应商。当然，还有他的王牌拍档，获得世界拉花大赛冠军的山口淳一先生。哪，就是京都店那位头发卷卷皮肤黑黑的型男啦。

See the world through coffee（通过咖啡看世界），东海林先生这么说。才几年，他就把％Arabica开到了科威特、迪拜这些地方，每家的墙上都会贴一个金色的地球版图装，我想这大概就是一杯咖啡带来的全世界。

山玄茶的一期一会 ⧖

　　"山玄茶"是少有的吃到一半，就默默地把它列为绝对要再次
造访的餐厅。

　　这家名字好听到不能忍的一星割烹（指以吧台为主体的日本料
理店），辗转从不同朋友那里听说过，最初应该是来自某京都本地
吃货的推荐。趁着好友七姑娘从非洲过来旅行，便预订了位置准备
带着她一同造访。那时已是深秋，枫树叶子已经掉得差不多，刚换
下裹了一天的和服，还梳着和衬衫极不相称的典雅发型，就赶紧跑
到八坂神社下面的小巷子里，撩开了山玄茶绿色的暖帘。

　　他家的吧台是一排下沉式座位，比起椅子，倒是在坐垫上坐着
更舒服。喝完餐前酒，最先上来的"先付"（开胃菜）便由两种不
同的食器盛装，刚想问食材，小哥就递上来一张手写的小纸片，包

括菜名和主要食材，用汉字一笔一画写下。味舌（京都的米其林一星怀石料理餐厅）的老板娘也会给中国客人这种小卡片，与菊乃井事先打印的精美中英文菜单相比，还是这种看起来有点笨拙的形式更让人感心啊。

预订时事先关照过，七姑娘不爱吃生食，于是上刺身的时候，

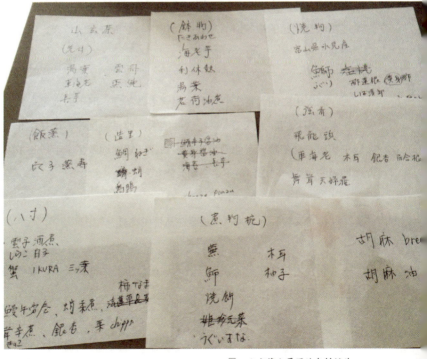

⌛ 山玄茶小哥写的食材纸片

其中一份变成了白灼海鲜蔬菜色拉之类的东西。刺身是"鲷鱼、章鱼、乌贼、赤贝、金枪鱼"五色拼盘，一般怀石这个环节往往是三种，山玄茶一下子跳跃到五种，连蘸的调料都有四种（盐、酱油、芝士、橙醋），看起来格外丰盛。七姑娘本来不太爱吃海鲜，就顺手把盘里的虾给我了，哪知道小哥把这一幕看在眼里，动起了小脑筋。

烤物采用日本富山县产的"氷見寒鰤"，配菜为塞了蛋黄的糖醋莲藕、混合白萝卜泥的爽口柴渍（京都腌菜的一种，一般呈紫红色）。小纸片上贴心地标出了鱼的产地，作为受季节限制的天然高级食材，能在凉意四起的初冬时节吃到一口焦香与鲜香并存的鱼肉，只想感慨海洋的丰饶与造物主的馈赠。

滋贺出生的大将主要在吧台另一边做料理，时不时会过来关照一下，和我们聊上几句。当听说七姑娘专业是斯瓦希里语并在非洲工作时，立刻瞪大了他圆溜溜的眼睛，还矫健地做了个手持长矛去捕猎的动作，"那你是不是要刺大象？"

接着又假装跑起来，"还要在丛林中飞奔？"

啊，大将你想多了，连马赛人现在都不怎么捕狮子了，你让这位娇弱的姑娘去抓大象？

"那非洲有日本料理店么？"大将眨了眨那对长得很像美味豌

豆的眼睛，那里面有笑意。

"有啊，坦桑有一个嫁给日本人的韩国人，请了一堆泰国人，开了一间日本料理餐馆。"

大将和小哥都强忍着笑，感叹起来，"啊，果真是国际化啊，想必不太好吃吧？"

一边聊的时候，小哥一边已经在吧台前忙起重头戏八寸来了。在怀石料理的流程中，八寸指以下酒菜为主的季节性拼盘，摆盘往往是最精致华丽的，也是怀石中的点睛之笔。如果到这里还没有惊艳，就注定只能留给食客平平淡淡的印象了。小哥先把几份八寸放在一个大盘子里，盖上小树枝做的帘子，又撒上枫叶和冰块，一起呈现在客人面前。揭开真面目后，就听到客人此起彼伏的"哇，好美"的赞叹声，然后才往每位客人的托盘里分装。正中间是鲑鱼子和蟹肉拌鸭儿芹，小房子食器里装着酒煮白子（鳕鱼精巢），绿色小碟子里是菌菇、鳗鱼牛蒡卷、煮软的章鱼、银杏、凉拌柿子萝卜丝，连枫叶都不忘给我们均分到左上角。

最奇异的是这道八寸里居然出现了烤面包，只不过不是蘸橄榄油，而是加柚子盐调制的芝麻油。并非所有这样挑战传统的创新都能被接受，想来大将一定是经历了不少心理斗争。我觉得倒也不坏，在我的逻辑里，好吃的创意总是应该被肯定，而故弄玄虚的炫技才令人讨厌。

　　强肴指的是比较重口味可以拿来下酒的主菜，多为鱼和肉类。
小哥递过来的纸片上写着飞龙头和舞茸天妇罗两个单词，"飞龙头"

山玄茶的大将 🏆

这种充满浓浓江湖味的词，到底是什么呢？原来又是一个日本化的
外来语，是葡萄牙语 Fillos 的音译，混合了小麦粉、豆腐以及一些

蔬菜油炸而成，看上去像是炸鱼饼。

　　然而这一道菜里加了车海老（凤尾虾）、木耳、银杏和百合，所以口感有点沙沙糯糯，木耳又增添了嚼劲。再仔细一看，七姑娘

⏳　山玄茶秋季八寸呈上时

的那份里却没有虾。原来，刚才她把虾夹给我吃的一幕已被小哥记在心里了，大概以为她对虾也忌口吧，简直太细心。

跟七姑娘解释了缘由，对眼前这位又会做菜、又耐心细致温柔的小哥，顿时好感倍增，我们也开始肆无忌惮地聊起天来。小哥是九州人，在店里已经工作八年，接着就问到了关键的问题，"是不是单身啊？能接受远距离的恋爱么？"本来就腼腆的小哥被搞得更加不好意思起来，开始闷头做菜。

"也不能仗着是客人就这么调戏人家嘛。"我正色说。

"明明是你把调戏的内容原样翻译给他听的嘛。"七姑娘喝了点酒，兴致也高起来。

小哥回到厨房，给我们端出了下一道煮物，海老芋（京都的一种芋头）、利休麸（用小麦粉加谷胶后制成，口感弹滑）、豆腐皮、油煮茗荷，在一道相对重口味的下酒菜后，口感和外形都很温柔的钵物（大碗盛的菜）让人脸都微微发红起来。

接下来就是主食时间，小哥先端出一个热气腾腾的锅给我们亮相，产自丹波的新米，只是加了一点盐煮，"先直接尝一口白米饭，感受下原初的大米糯香噢！"

五色拼盘的腌菜专门采购自丹波口市场，大将亲自去不同的腌菜店品尝，分别挑选中意的那款再买回来组合而成，配汤是蛤蜊酱汤。

那一小口什么味道也没有的白米饭真是天地之精华啊，我曾是一个不爱吃米饭的人，对白米饭尤感难以下咽，是来到京都后才发生了转变。在这样一个返璞归真的都城，你才可能静下心来品味许多东西，潺潺流过的鸭川水、金秋上市的丹波栗子、素雅却回味悠长的千枚渍（芜菁削成薄片后加入盐和甜醋，用昆布调味后制成的腌菜。因为实在切得太薄，樽里面可以放下千枚之多，故有了这样的名字），包括带有幽玄之味的白米饭。

下一碗是加小沙丁鱼和鱼松的米饭，再下一碗可以选择鳗鱼茶泡饭或鸡蛋饭。虽然也想吃鳗鱼茶泡饭，但看到七姑娘选了它之后，心想还是尝试一款不同的吧，于是就选了鸡蛋饭。可是那股子"什么都想尝尝"的纠结劲儿又犯了。

小哥看出了我的犹豫，说，"那就给你来个混合的！"

于是我的鸡蛋饭上面加了海苔，还撒了小块鳗鱼。

当七姑娘怯怯地问能不能多加块腌萝卜的时候，小哥二话没说，跑进厨房夹了一块出来给她。温柔贴心还认真做菜的男人真是太有魅力了！

一万一千五百日元的套餐甜品居然有三道。第一道是自家制的柑糖和草莓，我尝了一口脱口而出，"比老松家的夏柑糖要好吃啊！"

小哥不可思议地看了我一眼，"よく知ってるね（你知道的可真多啊）！"

　　接着是百分之百纯栗子制的和果子，超级细软却又不腻口，感觉得出来是很不马虎的做法。最后是软扑扑的水羊羹，比起菊乃井的柿子水羊羹虽然略显平淡了一点，但是作为三道甜品的最后一道，也是完美收尾了。

　　山玄茶杯垫上写的是"一期一会"（指一生中只会和对方见一

山玄茶的沙丁鱼和鱼松饭

次面，因此要以最好的方式对待对方）和"一生悬命"（指一生中要拼命去做的某事）并列，是日语里我最喜欢的两个词。

"印在这里有什么特殊意义呢？"

小哥指指我们身边的墙上，挂着一幅字，和纸杯垫上的如出一辙。

吃过那么多怀石料理，暂且不说食物之间的比较，大体明白一个道理，无论什么事合眼缘很重要，这意味着食客的审美要与大将

⧗　山玄茶一期一会的杯垫

十分接近，对方的心意即使不用口头表达，也能完整地通过食物传递到食客的心里。这种心意相通，在恋人之间发生，也在厨师与食客之间发生。对于山玄茶，我便是怀着这种感情，可不想只是"一期一会"呢。

也不知有意还是无心，临走前把雨伞忘在了店里。第二天我路过去取，小哥踩着高高的木屐，踢踏踢踏跑到储物室去取，从店里传来轻轻的笑语声，又是一顿精彩的晚餐在不同客人的面前展开了。我站在细长的玄关等待，望着地上那盏白幽幽的灯，"山玄茶"三个黑字气定神闲地站在那儿，是一种悠长稳固的京都气质。有这样的餐馆存在，真是好啊。

本来故事到这里就应该戛然而止了，谁知道还有一个神转折。七姑娘回到坦桑尼亚后，仍旧对山玄茶的这顿晚餐念念不忘，连带着对京都也产生了那种"想来住一住"的好感。于是她火速辞了职，离开待了五年的非洲，回国自学日语，并开始申请京都的语言学校。半年后，当她打理好一切即将飞往京都念书的时候，发消息给我，"帮我订一顿山玄茶吧，到日本的第二天晚上我就要去吃！"

如果把这个故事说给小哥和大将听，不知道他们会作何感想呢？

拼死吃河豚

河豚为什么好吃？沈宏非代表的"中毒派"认为，尽管处理得很彻底，河豚肉入口仍有一点麻酥酥，但正是这点提心吊胆，才加深了河豚的美味程度。

日本陶艺美食家北大路鲁山人代表的"美味派"觉得，河豚是一种值得仔细品味的、且是别的鱼类所无法企及的美食。他在《河豚是毒鱼吗》一文中不屑地批评俳句大师松尾芭蕉，认为他那句"河豚和鲷鱼没有分别"根本就是无知的表现。

古时候，如果想要毒死一个人，可以给他吃"河豚脍"，也就是河豚刺身，而现在，国内吃到的大多数是江河豚，毒性远不如日本海河豚高。但江湖上仍然流传着一些有关河豚中毒的传说。比如在沈宏非的《食相报告》里，他就说了这么一则故事：在江苏靖江的一家河豚餐馆，有位最有经验的厨师也曾失手。一日处理完河豚后，他照例对自己做了彻底的清洁和消毒，吃过饭，用小拇指剔牙，竟然当场暴毙，原来是一粒河豚鱼子藏在了指甲缝里。

下关唐户市场海边的河豚模型 ⌛

这些故事加重了河豚的高深莫测，让吃河豚这件事变得带有一点置生死于度外的"慷慨就义"之感。在河豚消费量占全日本百分

之六十的大阪，河豚还有一个昵称叫"北枕"。这个词来源于日本
释迦的故事，人死后要将尸体头朝北脚朝南放置，不就是枕头在北
边么？可想而知，河豚在"中毒致死"界享有怎样的地位了。

⌛ 以河豚出名的下关唐户市场

　　也许是对日本的食品安全抱有十分的信心，也许是无知者无畏，
去大阪吃河豚的时候，我全然没有把这气鼓鼓的可爱小生物与"死

亡"联系起来，繁华的道顿崛商店街上也挂满了大型充气河豚招牌，在一片灯红酒绿中卖着萌，招徕着各方好奇且不怕死的游客。

早在一六四三年的江户时代，就有文献记录过河豚料理的做法。殿堂级老饕北大路鲁山人认为，"河豚是一种值得仔细品味的、别的鱼类所无法企及的美食。来自下关的河豚可以在东京的料理店中卖到最高的价格。"

河豚料理在和食中有着非同寻常的地位，就拿菜品的名字来说，河豚刺身有它专门的名词，不是"さしみ（sashimi）"，而是"てっさ（tiesa）"，河豚火锅也有自己的叫法"てっちり（tieqili）"。若没什么用餐经验，就算日本人在点单时也会一头雾水。

一条河豚鱼可以变幻出近十种不同的吃法：下酒的凉拌河豚皮、河豚鱼冻、河豚刺身、河豚寿司、盐烧白子（河豚精巢）、白子清酒，还可以将带骨的河豚肉用炭火烤、用油炸，或将切成大块的河豚肉和蔬菜同煮火锅，最后用煮完剩下的高汤做个杂炊，即鸡蛋羹泡饭。此时，河豚最鲜美的味道都已融入汤中，这碗压轴的泡饭将成为浓缩整顿大餐的高潮，用一个词概括，便是"醍醐味"。

我去的那家店是吃货朋友饭君推荐的"あじ平"，不仅对他家河豚火锅的美味早有耳闻，甚至已通过朋友拍摄的照片目睹过河豚小哥的风采。朋友那回坐在吧台，和小哥聊漫画聊得情到深处，小哥一高兴，跑去厨房抓了一条活的河豚来展示，于是就有了后来我们看到的那张生猛的小哥肖像照。也许正是因为太多的前期了解，让我在走进这家店的时候，仿佛回到了熟悉的老家厨房，别说"英勇就义"之感，就连提心吊胆都没有一点。

"あじ平"是这样一种接地气的料理店，气氛够好，价格也亲民，几乎大家都会点河豚火锅，所以就有种火锅店才有的烟火味，旁边几桌都喝高了，面红耳赤大声笑着聊着，这在非端着架子不可又安静得一塌糊涂的京料理店（指日本关西地区相对比较传统、仪式感强的料理店）是无法想象的。

河豚刺身常常被摆成美丽的菊花盛开状，某种意义上来说，这图案也是日本精神的象征。盘子里像纸一样薄的鱼片晶莹剔透，透着一股雅致的光辉。和一般的鱼刺身相比，它肉质紧实，没什么鱼类的腥味，清淡中自带细腻的甘香，属于那类"你说不上为什么好但就是喜欢"的瘾物。加上它几乎不含脂肪，卡路里极低，冬天炖汤炭烤营造"热感"，夏天用刺身和鱼冻演绎"凉感"，很难找到这样全能选手般的鱼，能 hold 住所有烹饪方式。

其间饭君发来微信，说一定要试试他家最美味的河豚肝。我又从头到尾看了几遍菜单，硬是没看到这个名字。又问，才知道原来这道菜是和饭君聊 high 了的小哥主动奉送的。我想了想，还是决定碰碰运气。于是叫住老板娘，小心翼翼地问，"有没有河豚肝脏啊？"

　　不料老板娘瞬间会心一笑，脸上出现了一个"啊，原来你知道"的表情，立刻回答，"知道了噢，马上上来！"那场景好似两名地下工作者接上了暗号。她转身跑进厨房，端出来一小碟装在河豚形瓷碗里的东西，看上去白白的似乎带有血丝，这对一个从来不吃内脏的人来说，真是极大的考验。抱着"反正只要是生的我都能吃"的念头，夹了一小块河豚肝，在橙醋里浸了一小会儿，撒上葱才送入口中。

　　比起韧劲十足的刺身和血气方刚的火锅，它就像性感的妖妇，有点丰腴、缠绵悱恻的口感，生吃更有那种令人血往头上涌的刺激之感。难怪歌舞伎演员坂东三津五郎明知风险极大，还是忍不住吞食了十六克的生河豚肝，结果很遗憾，在京都演出期间中毒而死。

　　后来我才看到一份河豚各部位的毒性调查表，原来河豚的卵巢和肝脏是最毒的部分，如果处理不好，那后果就严重了。尽管被作为毒物禁止售卖，仍有不少店家会在熟客的要求下，偷偷呈上一小碟河豚肝。也许正因为如此，美味至极的河豚肝才成了"隐藏菜单"，要么就是懂行的客人偷偷提出，要么就是看老板心情，直接端给气场合的客人。当然，菜单上没有的菜，自然是不收钱的，它像一款"知音单品"，只提供给懂得的人，更像是彼此肝胆相照的馈赠。

　　吃完一身热气腾腾，准备出门，外面竟下起了雨。老板娘已迅速递过一把伞，我不好意思地说，"是过来旅行呢，可能没办法来还……"老板娘笑着摇手说，不要紧不要紧，拿着就好。

我想，是不是刚才点的那一碗河豚肝起了作用，瞬间就将我这位初次访店客人升级了，毕竟我们可是对店家怀着一百分的信任，才吃下了一顿饕餮河豚大餐。

但是，用北大路鲁山人的话说，人嘛，反正都要一死。死在喜欢的路上，不是也挺好的吗？就比如吃河豚的时候。

⌛ 河豚刺身

在札幌，
邂逅一间小镇范儿米其林

　　我对札幌的感情有点特别，之前在斯里兰卡中部的茶园小城，邂逅了一位札幌出生的姑娘美纪。她曾在东京当过通讯社记者，也做过NGO（非政府组织）的工作，后来独自一人去南美旅行了半年，一边学习西班牙语，一边写游记。我们结伴走了好几天，同吃同住，两人都做自由职业，节奏相合；对旅程也有着无须多言的共识。

　　半途偶遇的我和美纪，巧合地买了同一班离开斯里兰卡的航班，"我查到那一天飞吉隆坡最便宜！"

　　"我也是！"

　　我们最终在吉隆坡的机场告别，飞入各自的人生维度，她留了札幌家里的地址给我，希望下次可以在北海道见面。不巧在我来之前，美纪刚好接下斯里兰卡的NGO工作，赶着重回科伦坡去，遗憾错过了。

无独有偶，之后在摩洛哥马拉喀什的旅舍，又遇到两位札幌出生却搬到了冲绳居住的姑娘，两人都晒得黝黑，有着健康如黑珍珠般的肤色，穿着极简朴的短裤汗衫，豪爽的性格中还带点幽默，正环游世界到了北非的摩洛哥，浑身散发着心要野的正能量。

很多时候对一个城市的先前印象，不来源于任何广告宣传和美文美图，而是当你认识了来自这个城市的一个人时，才对它有了具象的亲切感。札幌在我心中，就像那种天生丽质又不拘小节，敢说敢做的真性情女子，带一点乡土味，又不让人觉得俗气，何况还有那么好吃的东西！

其实说起北海道呢，大多吃货眼前出现的是个大大的"蟹"字。没错，当地出产三大名蟹——鳕场蟹、毛蟹、松叶蟹，来个蟹全套都可以吃上几天不重样了，若是没赶上它们最肥美的时节，还有虾夷马粪海胆和北紫海胆管你吃个够。

到北海道第一件事——干掉一碗海胆饭。直奔函馆始创的"う に むらかみ"而去，店名直译过来即"村上海胆"，这和"老金涮肉""甘牌烧鹅""华姐清汤牛腩"之类的餐厅名属于同一种起名模式，鲜明易懂，告诉你这就是个吃海胆的地方。

很难有面对菜单如此心意坚定的时刻，一碗海胆鲑鱼子盖饭足矣。北海道产的虾夷马粪海胆入口浓郁甘醇、缠绵悱恻，鲑鱼子又饱满到牙齿刚咬破，汁水就直接射出流到脸上，一脸狼狈也没时间去擦，秀色可餐在眼前，箭在弦上，蓄势待发，难道还要先去洗把脸再来消受？

纵使海胆和鲑鱼子再棒，若米饭不好吃，整体感觉就会逊色不少，好比说下酒菜下酒菜，只有好菜没有好酒，那怎么行？在这里，随

北海道的海胆鲑鱼子盖饭　⧗

随便便吃一碗海鲜饭，基本上就能同时满足"好酒好菜"这两个条件。有点米饭落肚，突然就精神了，出门走在五月初还寒意料峭的大通公园里，樱花开了三分，牵柴犬散步的老人缓缓走过，时间静止下来。

我在过膝风衣外面又套了一件羽绒服，底下又赤脚穿着单鞋，背着巨大的红色登山包，感觉自己看起来像一只羸弱的企鹅，直接在公园巨蛋形的滑梯顶部平躺下来，眯起眼睛晒太阳，从两耳进来的是工作日下午宁静的风，很想张开双臂拥抱冰凉的空气，就这样，食欲像正在充气的气球一样，慢慢鼓起来。

花小路さわ田八寸

　　本来没有在札幌吃怀石料理的打算，先跑去附近的定山溪泡了个温泉。一泊两食（一晚住宿加一顿晚餐和一顿早餐）的温泉酒店也包含怀石晚餐，做得固然用心，只是差强人意。"不行。"吃到一半猛地放下筷子，立马拨通花小路さわ田（札幌米其林三星怀石料理餐厅）的电话，临时只订到第二天晚上八点的位置，心才落下。

　　花小路さわ田位于札幌市区一栋普通的大楼三层，到达时刚好碰到老板娘送客人出门，并不沉默鞠躬，而是一片欢声笑语，"今天喝多了吧，走好哦，下次再来吃哪"，那场景热络得像亲戚串门。札幌另一家二星餐厅"酒房しんせん"也是如此风格，每次打电话去都能听到喝高了的客人在吆喝的背景音，大将还得扯着嗓子说话。米其林尚且如此，别说家常小店居酒屋了，这才是北海道啊！

　　我们被引入靠门的小隔间，三位女招待身穿纹样不同的和服，优雅得体，发现我会说日语之后，明显对方松了口气，北海道虽然游客多，但也没东京那么国际化，不少餐厅害怕接待外国人，曾有北海道小城网走的老板娘对我说，"一句英文都不会啊，完全不知道怎么待客，怕是会怠慢客人啊。"

　　没有开胃酒，直截了当上八寸，毫不张扬，简简单单的三品：带有初夏意味的甘鲷粽寿司；屋形舟里并排着煮鲍鱼、蚕豆、炸百合；鳕鱼白子静静躺在金色小碗里，用橙醋和小葱来衬。鲍鱼柔软甘甜却有力量感，白子一如既往与日本酒绝配，开场就好感爆棚。

不按常理出牌的第二道，居然上了份炸玉米粒，有点搞不懂这套路。女招待见我疑惑，笑眯眯地解释，"玉米也是北海道的名物之一，做成炸物方便吃，也更能释放它本身的甜味和香气。"何况，重磅炸弹马上要来了。

果然是北海道最有名的毛蟹料理，仔细剥出的蟹腿、混合蟹黄的蟹肉丝，挤上柠檬汁后升级成 3.0 版本。一直觉得蟹的美味是需要点化的，几滴醋，一点儿酸味，脱胎换骨。家乡出产大闸蟹，旁边总要准备一小碟专用蟹醋，加点姜末和白糖，口感才算圆满。

第四道料理呈上来时，一眼花，差点以为是两枚海胆军舰寿司。再仔细看，底下的黑色圆柱体是茄子而非海苔，上面抹了白味噌，最后才放上根室产的马粪海胆。茄子微微烤过，怎么说呢，三种不同层次的甜味在口中形成了个漩涡，让人一下掉进了美味的瀑布中永世不得超生。

大起大落的味觉冲击后，该来一碗清澈的高汤了。六线鱼的椀物，熟悉的花椒叶淡淡香味，蕨菜是春的气息，并不是多么直击人心，而是化有形为无形的舒润感。

两贯金枪鱼中腩寿司引出下一波味觉的走势，上下垫盐渍樱叶，

⌛ 花小路さわ田毛蟹肉

生姜刻成樱花瓣形状，以去除舌头遗留的味道。颜色、意象都是春味十足，北海道的樱花季才刚刚开始嘛。实际上，更受震动的是摆盘的大方优雅，从第一道起便保持着这样的风格，直到此处的纯白色瓷盘，没有稀奇古怪的花草点缀，见多了京料理繁复和拐弯抹角的美之后，如此直接的摆盘令人舒心。

花小路さわ田马粪海胆和味噌茄子 🍶

　　烤物是根多线鱼（根ボッケ），又是简洁的摆盘，仅配上柠檬片和白萝卜泥而已。多线鱼是北海道常见的一种海水鱼，那根多线鱼又是怎么回事呢？其实它就是多线鱼的一类，只不过这种鱼比较有个性（或是比较懒），偏要跟大家不一样，不洄游而是扎根在海底某处，因此相比起来，它的脂肪更丰富也更肥美，用来烤制最好不过。

　　全海鲜宴固然好，但在饭前来一点和牛的油水调节，正好补充味蕾的平衡。北海道富良野（以漫山薰衣草闻名的地方）产的和牛里脊，加洋葱，做成近似寿喜烧的口味，但又不太甜，牛的味道十足。不愧是"道产料理"，每一款都用名副其实的北海道产食材，有那么点骄傲的意味，"看我们北海道物产多丰富多么受大自然的眷顾。"的确是这样，无力反驳。

　　主食有两种选择，十割（原料的比例是百分之百）的手打荞麦面是招牌之一，配菜是海苔、山葵、葱丝和天妇罗碎末。面有可回味的粗粝感，荞麦香气十足，只是放在这个季节微微有点凉意，喝完热乎乎的荞麦面汤才算圆满。另一款是鲷鱼饭，典型的一汁一菜，家常却温暖的味道。

　　甜品一眼看上去相当朴素，自家制的草莓冰激凌和蘸黄豆粉的蕨饼，配一杯热的番茶，本来内心在微微嫌弃这种敷衍，然而简单却挑不出任何毛病。我们用完餐后的第一感觉是，"好久没吃到这么通透舒畅的一顿饭啦！"

　　令人想起一部叫《幸福的面包》的电影，一对夫妇厌倦了大都市的奔波忙碌，决定逃离东京，定居到北海道月浦一个毗邻湖泊的小山丘，经营一家面包咖啡店，过起自给自足的简朴生活。外面大雪纷飞，炉火里的木炭噼里啪啦燃烧着，刚出炉的面包带着醉人的原木香气。现在我算是懂了，为什么赞美食物的时候，除了"美味"还有一个更好的词，叫作"温暖"。

　　不少高级餐厅绞尽脑汁想呈现视觉和感官上的盛宴，比如京都的老牌怀石料亭，个个像贵族出身放不下身段的大小姐；又或者东京那些严格介绍制的料理店，似留过洋的名媛，动不动就来个豪华食材大放送。这种用心过度也演化成无形的压力——你在享受那份

花小路さわ田门口

口味上的奢华的同时，还必须得用眼去欣赏，否则便失去了料理的很大一部分的价值。

　　而另一些餐厅呢，从头到尾都风平浪静的，不炫技，不矫饰，也不搞什么时髦的融合创新，就做本本分分的小镇姑娘。食客也无须紧张，面对食物也好，面对料理人也好，彼此之间平等相对。花小路即属于这一种，我喜欢的正是花小路这种路子。

　　整整十道心意十足的料理，拜北海道所赐，多谢款待了。

电影《情书》
的城市原来那么好吃

　　小樽属于那样一类城市，它是日系文艺小圈子里的大明星，稍往外围一点，对方就一头雾水了，"北海道的小樽，真的很有名么？"同伴面对身后一大拨提着行李从新千岁机场直奔而来的游人，困惑不已，难道北海道不应该是一个看雪吃海鲜的地方？

　　曾经的人们都是为了《情书》来小樽朝圣：被雪覆盖的船见坂、小樽运河工艺馆、旧日本邮船小樽支店、手宫公园……这些在电影《情书》中出现的场景似乎都没有变，连同学生时代的藤井树和技法尚青涩的岩井俊二。谁知道呢？我并不是那个年代的文艺青年，对中山美穗的深刻印象倒是来自毁三观的日剧《贤者之爱》，去小樽的初衷，不过是在那儿订了一间寿司店而已。

　　如今，大多数人朝圣的对象成了甜品和寿司，还有外国游客为

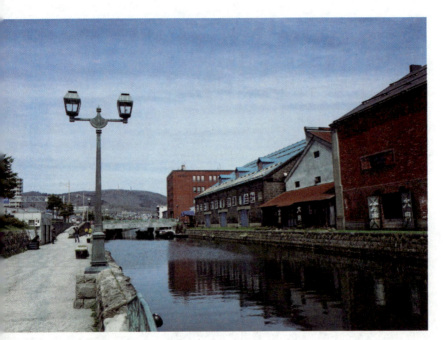

小樽运河沿岸

之疯狂却令当地人颇费解的"薯条三兄弟"。这些或许全都可以用"物产"二字来解释，北海道种的土豆好吃，所以诞生了风靡东亚的薯条；乳产品质量高，所以奶油蛋糕和白巧克力极美味；加上这儿海产丰富，马粪海胆和鲑鱼子海鲜饭可以瞬间让味蕾高潮。

小樽是个港口城市，全是西洋风满满的老房子，大海近在咫尺，

⧗ 小樽海猫屋咖啡馆

昭和初期填海而成的运河绵延通向内陆。河两岸的老石造仓库已废弃不用，现在改成了新式咖啡馆和餐厅，还有不少在卖着美绝人寰的玻璃工艺品，当年船只进出港的繁荣景象只能供人缅怀了。冬季"雪灯之路"时分，河里会点上灯，后来才发现，几乎所有关于小樽的照片都会有此一景。

经典照片的意义在于，当你到达实地时，总有股难以言喻的失落感。这种落差在日本已被压缩到很小，但依旧存在。从车站出来的一瞬初见小樽，天空特别低，悠长曲折的下坡路，尽头便是海，有点镰仓的意思，却又欧风满满，两侧的石头洋房令人仿佛置身神户。废弃的旧手宫线纵贯小城，反正火车已不会来，走累了随意躺在铁轨上晒晒太阳就好，还有戴毛线帽的老太太背着一袋猫粮，对路边的野猫自言自语，"本来是不可以随意喂你的噢，不过你看起来很饿的样子嘛……"

铁道木栅栏后挤出了很多玫红、紫红的杜鹃，某些人家门口水仙还开得正旺。五月初，小樽还似乎能随处找到一个樱花半开的小公园，很难想象，你能在同一天里看到盛开的水仙、春之樱、初夏之杜鹃，还能听到弥漫着盛夏气息的海鸥叫声。这种身体纯白的黑尾鸥日语名叫"海猫"，因叫声像猫而得名。等待吃午饭的一个小时里，索性来到"海猫屋"咖啡馆小坐，有点难以平复的惊喜心情。

无论从哪个角度看，这个曾辉煌过的海港小城还是有些萧条，不必刻意为之，相机里全是无人的空镜头照片，最最热闹的观光街道，甚至比不上东京一个十字路口的人流，只有在三步一间寿司店的商业街，才看起来稍微有一些人气。可就是奇怪，一些匠人一辈子在这儿吹玻璃，有人甚至用当地产的生奶油做出了超越法国的甜品。

我的朋友饭君来小樽旅行时，曾连续三天惠顾某家意粉店，据说玩音乐的老板年轻时也狂放不羁，开摩托周游世界，后来遇到现在的夫人，便回老家小樽开了一间摆满 CD 和吉他的餐厅，弹弹琴做做饭，和客人聊聊过去，也不知道有多少浪子这般归隐于此。

来到预订的寿司店群来膳门外，还是被低调到尘埃里去的门面给震惊到，三扇没有任何装饰的透明玻璃门，就像公寓底楼某家人的车库。时间未到，仍挂着一张白纸条，黑色毛笔字写着"准备中"三个字，不敢乱探头张望，但的确里面冷冷清清没有一个人，也没有一点声音，就好像到了十一点半，会有仙鹤载着大厨和几木盒新鲜食材空降而至似的。

我准备如此相信着，相信会有个童话故事在小樽这样的城市发生，于是跑回废弃铁轨边的儿童公园，把穿着羽绒服的自己塞进一只底座有弹簧的黄色小鸭玩具里，做最后童心未泯的等待。

准点入内，十几席的吧台，除了我们只有一对从日本青森过来的夫妇，吧台和食器都极有小樽特色，清一色的玻璃器皿，淡绿底色的玻璃托盘，同样淡绿色的墙纸，极其清凉透彻，幸好暖气充足，跟东京那些主打原木暖色调的寿司店全然反其道而行之。

大厨的脸部肌肉紧绷，惜字如金，只在上一贯寿司时轻轻报出食材名字，并不和客人直视，手指上下翻飞旋转，如同心无旁骛的剑客，全然不关心生意好坏。这种氛围居然让我产生了一丝武侠片的幻觉：一对闯荡江湖已久武功高强的夫妇，为了远离世事，隐居在小樽开一家小餐馆，老板平时一味钻研料理之道，切鱼剔骨也是为了不忘记刀法的一种训练。可惜金子的光怎么也包不住，米其林考评员已经发现了这里，或许下一次路过，就会发现这里已变成普通的商铺，像场梦般了无痕迹。被自己的意淫搞得徒增伤感，猛然梦醒，发现第一贯寿司已摆在眼前。

清清爽爽的开场白是比目鱼，像十六岁少女的白裙子；第二贯就上了肥噜噜的金枪鱼中腩，有点摸不清他家的节奏，照理说，这重口味的变换来得太快了；然后是充分吸收了酱汁的鲍鱼，硬汉柔情的口感。

竹荚鱼上点了绿色的新鲜生姜末，去腥的同时增添了层次。枪乌贼则是咔哧咔哧的韧脆口感，甜度和鲜度适中，配 Yuzu（日语ゆず，指日本香橙）味酱汁像是打开了一种全新的感官。

鲍鱼握寿司 🍶　　　　　　　　枪乌贼握寿司 🍶

时鲑握寿司 🍶　　　　　　　　牡丹虾握寿司 🍶

　　鲑鱼（也就是我们常说的三文鱼）在日本算是平价鱼类，超市大把一两百日元的挪威、智利进口货，通常不太生吃，更少用来作寿司的食材。但天然高级货就不同了，每年五月到七月在三陆和北海道海域捕获的白鲑叫"时鲑"，属于北海道的高级食材，美丽的细密纹路，并不肥腻，却有着高格调的口感。

　　紧接着是生活在寒冷海域和深海里的牡丹虾，背上顶着一小坨蓝绿色的虾籽。北海道的喷火湾和靠日本海的那一侧是牡丹虾的重要产地。对于牡丹虾，我是顽固的生食主义坚持者，一弄熟香气和灵气就全无了。虾的鲜是得连带海水味道的，要小心保护它，留住不可思议的醍醐味才好。

　　虾夷马粪海胆必须是最高潮，一口下去，类似于金枪鱼大腹带来的强力冲击感，一刹那觉得整个口腔满溢烟花般爆裂开的肥沃香气。每次吃到海胆军舰寿司时，我一定要闭上眼睛，希望让梦境来得更像梦境一些，世上竟真有这么好的东西，让人忘记初恋的心动，忘记成功的喜悦，这不就是美味又健康的鸦片么？那些鸦片鬼真是可怜，一定没吃过海胆，才会着了魔鬼般的道儿。

　　可惜坏处是午餐进行得太仓促，客人不多，又是一贯一贯连着上，几乎没有喘气的机会，约莫半小时就结账出来，仿佛做了一场恍恍惚惚的美梦。马上跑到商店街的 LeTAO 吃蛋糕续摊，整理一下飘忽的记忆。

　　LeTAO 这家小樽本土品牌蛋糕店主打双层芝士蛋糕，等反应过来已经吃下大半个，甜而不腻，轻薄有力，连奶香味里都散发着一股骄傲。小地方土地没那么矜贵，隔壁的"六花亭""北菓屋"（两者都是北海道本土甜点品牌），也都在商店街上霸占一整栋西洋风大房子，合贩卖、试吃为一体，LeTAO 还在二楼开了一间小café，可闲话堂吃。

　　继寿司一条街后，又撞到甜品一条龙，惊喜像重磅炸弹一个个丢过来，根本腾不出手去接。如此萧条的小樽，似乎在依靠游客来支撑它的活力，但又仿佛不是。它只不过是一个适合归隐的地方，武林高手可以轻易藏身于此，把毕生功力都倾注到美味上面。

第二辑

小馆子里吃香港 ⧗

　　要我说，小馆子才是一座城市饮食风貌的根本。

　　一家令人再三往返的餐馆不是因为多么珍稀美味，反而是家常。这次在香港偶遇的"人和豆品厂"就是一例，最后三天算上走过、路过、等开门，大概总共去了七八次。招牌上有个"厂"，实则卖各类豆制品小食，豆浆、豆腐、豆花等。出品刚好一条龙服务，点一杯杏汁豆浆、一盘鱼肉煎豆腐、一盘卤水豆腐，当晚餐的话多加一份豉油皇炒面，完了再来碗豆花做甜品，一定要撒上特制的黄糖。

　　小馆子这个概念要我定义的话，简而言之，先排除那些坐落于大厦大酒店、需要正襟危坐的高档餐厅、富豪食堂。"小"并非门面小、规模小，而是要给人那种不用精心准备、随意穿着汗衫背心拖鞋想起来就踏进去吃点东西的亲和力。"放松"的时候，才能吃得香嘛。

但小馆子也分热门名店和养在深闺人未识的小店，聪嫂私房甜品和华姐清汤腩不用说，一定归于前者。后者通常是那种街坊邻居店，即使偶有特别出彩的，也不张扬，不会贴满一墙老板和明星的合影，生意做足做好，已是全部信念。

小馆子还有个好处，不耗时也不耗胃，哪像中环的意大利餐厅 8 1/2 Otto e Mezzo Bombana，一吃就是三个钟头，比怀石还拖拉，吃完再消化三个钟头，一整天就耗在一顿饭上面了。小馆子呢，一晚上不吃三四家怎么行？

和吃货朋友先约在天后地铁站会面，但走着走着，不小心就到了铜锣湾时代广场后面的聪嫂私房甜品。果然，不排队怎么能算热店呢！幸好是在香港这个极有效率的城市，翻桌比翻脸还快，进去后才发现，提高翻桌率的一大法宝就是强劲的冷气。刚坐下就冻得哆嗦直想往外跑，这时候来碗热的腐竹鸡蛋、芝麻糊之类的还能缓解下，可我又嗜冻物，大义凛然地点了榴梿黑糯米水晶珠和姜汁杧果豆花。这温度已容不得我左思右想，不然吃完后估计要三个伙计把这段长度为一百六十五厘米的大冰棍抬出去。

晚饭后再来碗糖水，这是在香港和朋友们食嘢的常识。不论多晚，不论多饱，也坚决不动摇。晚，不怕，人家绝对开到我们要睡觉的时间之后；饱，更不用怕，沿途散个步，走几步台阶，实在不行还

人和豆品厂的鱼肉煎豆腐 　▷

人和豆品厂的黄糖豆花 　▷

有消化药，一碗糖水难道还能撑死人？

然而吃德记潮州菜的那天却面临了最严峻的考验。午餐吃到下午三点，因为实在太撑，准备一路从中环走回炮台山旅舍，结果路过铜锣湾时，简直像魂被牵走了般又走进"人和豆品厂"，本来只想买一杯豆浆解渴的，结果神不知鬼不觉坐下来竟点了一桌小食。吃完才焦虑起来，六点半约了在坚尼地城和朋友吃饭，赶紧掏出消化药给大家分起来，不知道的估计以为我们是在搞什么危险的地下活动吧。

如约到达餐厅门口，发现密密麻麻围满了排队等号的人，第一次因为要等位而开心起来，摸摸自己的胃，耶，又多出一个钟头给你工作，加把劲消化啊，我可是期待九肚鱼已久啦！

店门口角落里有位摆摊卖钵仔糕的阿婆，生意奇好，等位的一个个饿死鬼上身，先买一块来垫垫肚子。我属于大餐当前毅力奇高的那类人，对所有可能影响胃口的东西都敬而远之。更何况今天是与来自五湖四海的朋友因为吃而聚在一起的，吃是主题啊！

被叫到号的人像中到不马上领取就会被作废的彩票一样，赶紧冲到服务员面前，在一干人咬牙切齿的眼神中得意扬扬地走进去，终于，这角色也轮到了我们。收桌的白衣大叔动作麻利流畅，像是每家潮汕馆子都会藏身的武林高手，搞不好还真有这种不成文的规

矩，必须在客人从门口走到座位的时间内收拾完毕，还剩十秒、五秒，
啊，完成！

　　当晚点的菜里面，除了蚝仔烙做成一种类似天妇罗的奇怪脆东

榴梿黑糯米水晶珠

西之外、卤水拼盘、清炒芥兰、炸鱿鱼须、老鸭汤以及其他的个个
出品不错。果然，炸九肚鱼尤其精彩，外皮酥脆，内里鲜嫩，蘸点

⏳ 香港中环玉叶甜品 （阔夫塔摄）

　　胡椒盐吃，香得我拿筷子的手指都在颤抖。酒足饭饱，照旧，由住在附近的那位带大家去自己的私藏铺子"荷兰糖水"。等位的时候，大家又发现对面貌似开着一间不错的餐厅，"啊，好想吃啊！下次来吧！"吃货集会永远都是这样，吃着碗里的，想着锅里的，还要眼巴巴望着街对面别人桌上的。

有些小馆子，属于自己的秘密基地，不会轻易说给别人听，却是每次途经香港，哪怕只有一两天都要去光顾一下的。于我而言，那是尖沙咀的洪利粥店茶餐厅、中环的玉叶甜品和威记粥店、旺角道的康年餐厅，现在又可以加上一个铜锣湾的人和豆品厂。没什么多余的意味，也就是刚好饿了、渴了、嘴馋了，过来打个转，看看它们都还在，就安心了，等下回再来帮衬。

务实的地方总会催生出更多的美食，这些始终如一的小馆子们在狮子山下撑起了一座城市里的庶民生活耶。

济州岛的天然鲜

一听到我要去济州岛，对方的反应大多是"济州岛有什么好玩的？不就是韩国人的蜜月圣地么？"虽说我不看韩剧不哈韩流也不买韩妆，可谁让人家好吃还免签证呢，备齐了一场说吃就吃的旅行所需的两大关键元素。

然而这么胸有成竹的样子都是装出来的，两年前去首尔的时候觉得韩国满大街是捧着咖啡杯艳丽冻人的美少女，然而咖啡和甜品都不够美味，被日本甩出不知多少条街。传统韩国菜又太不适合一个人吃，曾在首尔明洞要了一份参鸡汤，上来整只乌骨鸡，自己点的鸡，硬着头皮也要吃完啊！要不然就是主菜没来之前，附送的小菜都先吃饱了。后来只能点炸酱面、石锅拌饭、泡菜大酱汤，以及甜死人的炒年糕、油腻腻的韩式天妇罗……吃得孤独指数飙升至爆表。

西归浦忆起之家的鲍鱼海鲜锅

去了济州岛之后才发现，只是没有找到对的那扇门！

不过短短六天时间，济州岛就拿下吃货生涯中的好几个"最"。最好吃的橘子，最鲜甜的草莓，最美味的鱼鲜刺身，最价廉物美的野生鲍鱼。岛上没什么工业，无污染，蔬果和海产都带着纯天然的鲜味，那种留在童年记忆里却好多年未曾重现的味道。

跟鲍鱼的一百种邂逅方式

先说说鲍鱼——这个不管怎么说，听起来总有点奢侈的词。济州岛的鲍鱼谈不上白菜价，但毕竟新鲜，而且而且，据说是野生的！来之前就对"去菜市场吃鲍鱼刺身"充满憧憬。

到韩国后立刻成了文盲，但反过来说，这种不适感倒是增添了

⧗　西归浦忆起之家

乐趣。为了在济州东门市场吃一份鲍鱼刺身，先是在中日英语间不断切换，再加上肢体语言，指指水缸里的大鲍鱼，用手做一个切的姿势再伸进嘴巴里。万幸，刺身（sashimi）这个词在日语和韩语里同样发音，总算找到一位会点日语的老爷爷，捞了几个鲜活的大鲍鱼，挖出肉，切掉部分肚肠，直接递给我们。

"就这么吃？"

"这样吃就可以了，我给你个辣椒酱蘸着吃也行。"老爷爷说完就潇洒地丢过来一小盒辣椒。

济州岛跟日本一样，也有吃鱼生的传统，最大的不同是蘸料。日本多用山葵和酱油，济州岛更是豪迈，索性用辣椒酱，再点一点清纯的麻油，甚至直接拿辣泡菜一包往嘴里塞，把生菜包烤肉的吃法无缝对接到刺身上。鲍鱼刺身跟想象的有些不同，脆脆的口感像软骨，本身就带着海水的咸香，果然只要这么吃就已经完美。

小岛的觅食心得相当简单，没有按图索骥一说，济州市虽分为新旧两部分，坐车不过二十分钟距离，南端的西归浦市更加小巧玲珑，几条街皆步行可到，是我最喜欢的"小镇size"，全靠直觉扫街，鼻子是雷达，然后就往聚集着当地人红尘滚滚的地方钻就对了。

西归浦市的"忆起之家"就是白天闲逛时发现的，门缝里钻出来的味道好诱人，晚上直奔它而去，到达后却傻了眼，寒风中排了十几号人，全都是缩着脖子的韩国大叔，有几个好像已经喝高了，一身酒气，都站在那里等叫号。

当海鲜锅端上来时，瞬间就遗忘了迎风等待三十分钟的痛苦。数了一下，整整二十只肚子朝天的野生小鲍鱼，一整条还在张牙舞爪的活章鱼。拨开层层叠叠的鲍鱼，下面居然还垫着满腾腾的大虾、蛤蜊。在韩国吃饭时，桌上总有一把吓人的大剪子，温柔的老板娘刷刷两下将章鱼五马分尸，顺势把泡菜豆芽等剪成适合入口的大小。

随着火力渐猛，鲍鱼们不断蠕动，看起来很痛苦，事实上它们没有神经线，不会有太大感觉，日本人最懂得在吃上面创造美感，索性称之为"舞烧"，不是像跳民族舞一样么？剥一粒鲍鱼肉，闷一口马格里（一种韩国米酒，有原味、橘子、花生等口味），甘香立刻升华。

海边小店多做鲍鱼粥，黄绿色浓稠的粥底，浓缩着鲍鱼肚肠带浓郁腥味的鲜美；鲍鱼海胆面难得地清冽，原汁原味的粤菜风范；再到西归浦大盈日式海鲜餐厅的鲍鱼三吃，终于让我集齐了鲍鱼的N种打开方式。相比富贵逼人、要正襟危坐着吃的干鲍，济州岛这下酒菜般随意吃吃的野生鲍鱼让我觉得每天都穿行于土豪食堂。

渔获丰盛，自然也就不稀罕，市场里红红一大片的腌菜摊上，半数是生呛辣椒鱼鲜，萤乌贼、章鱼须、小鲍鱼、大螃蟹、蛤蜊贝类、青花鱼、黄花鱼，价格甚至比泡菜更便宜。有一回吃黑毛猪烤肉，赠送的小菜就是呛蟹，服务生毫不吝啬地给我们连添三盘。

中餐里以粤菜打头善制干鲍，但基本都要用排骨火腿老鸡汤等来煨，个人向来受不了浓郁的鸡肉味和猪肉味，鲍鱼在其中仿佛只是载体，吸取了别人精华的傀儡而已。我倒更喜欢烤来吃或者做海鲜锅的新鲜鲍，之前在日本山玄茶吃到一味"强肴"印象深刻，鲜鲍切片后在高汤里灼过，配有点药味的土当归和山葵泥，蘸马斯卡普尼芝士和橙醋调料，本来肉质就柔嫩，酸味又彰显出食材的鲜美，这才开启了"鲍鱼或许约等于美味"的大门。

看来就跟人一样，与某一种食物邂逅的时机和邂逅的形式才是最重要的。

海鲜市场偶遇韩版海女

逛菜市场是必须郑重其事放入行程的一项活动，包揽了一日三餐的菜市场，不知不觉和人们形成一种亲密关系，它有种很广袤的爱，是每日生活中的节奏感，没踩准总觉得缺了点什么。而羁绊，就在一来一往的寒暄中留下来了。

　　济州市的东门市场和西归浦的每日海鲜市场尽管游客不少，但终归还是家常的，从各色鱼鲜到泡菜、水果店、土产专卖店、甜品铺子，恨不得背着一个小竹篓来逛。

　　水产市场外，几位七十多岁的老太太坐在路边摆摊，每位的脚下直挺挺躺着一两只章鱼、几个鲍鱼和海参，大小不一，一看就不是大规模水产店贩卖的样子。"我们是韩国的海女（韩国のあまさ

　　⧖　海鲜市场的呛蟹

ん）"，其中一位老太太居然用日语这么说着，经观察她只会这一句日语。

她们便是传说中亲自下海捕捞渔获的海女，其中一位烫着时髦鬈发的老太太怕我们不明白，做了一个扎入水中抓捕的姿势。这项夕阳产业在日本因一部晨间剧《海女》而焕发生机，济州岛却依旧后继无人。走到大浦柱状节理带的海边，会看到不少观光海女（穿着海女衣服售卖海鲜的妇女，并不是专职下海捕捞渔获的海女）在兜售鲍鱼章鱼，古老职业最终还是得靠重新包装以适应新时代，像《海女》剧中由两位少女组成偶像组合来复兴日本的小镇，给快被淘汰的东西打上潮流标签，立马就成了复古新时尚。

每有客人走过，鬈发老太太就往脚下的章鱼脸上"砰"地打一拳，章鱼气鼓鼓地扭动起来，以示自己的鲜活。就像大理街头常见的卖菌子的妇女，只是一个来自大山，一个来自海边。海女的日常极其简单，用大自然的馈赠和体力换生活，卖完即收摊回家，绝不拖泥带水。她们多是家里的经济支柱、村里最富有的女人，常年潜水令她们拥有傲人的优美曲线和强壮的身体，大海出其不意的危险造就了见惯海阔天空的气势，那一种单纯的勇气倒是最动人的。

如果有下辈子的话，我也想要跟鲍鱼过一生。

大冬天里的醒酒牛肉汤

第一晚落地济州市，安顿好后已经快十一点，新济州大街上没几个人影，好几家店刚准备前去推门，却看见门上贴着十点结束营业，手又缩回来。后来饿得无力，索性豁出去，看到还有客人的餐厅就往里走，这才发现"十点关门"的告示都是摆设。

东一桌西一桌，地上坐满支起腿、红着脸、已喝高的大叔，一人一碗热气腾腾的汤，一瓶清酒。我们也要了几个牛肉汤，一瓶马格里，用一个单柄的薄铝皮碗当酒器，颇为接地气。牛肉汤不能光喝，还得加份放在带盖不锈钢小碗里的米饭，一碟青椒和豆瓣酱是标准搭配，有点下饭菜的意思。汤上来是典型韩式红彤彤的样子，透过浮在面上的一层红色，好像有什么在暗自涌动，牛肉丝煮得烂熟，大葱小葱、粉丝泡菜毫不争风吃醋，在夺目的辣味之下，居然也不失牛骨汤底的鲜味。

后来在济州市小巷子里发现了一家生气勃勃的馆子，尽管写着中文的"牛肉醒酒汤"几个大字，看上去却不像纯粹的游客店，何况极其专一，只做醒酒汤一味，七千韩币，明码标价，要别的还真没有，怀抱这样的气度，做出来的东西应该不会差。

果真，走进去只有我们三个外国人，服务生都不会外语，又显出这种"专攻型餐厅"的好处来了，只需伸伸手指头，小哥心领神会，立刻给我们下单三份牛肉醒酒汤。照例是小菜比主菜多，碟子铺满一桌，切成正方体的泡萝卜、豆瓣酱、蒜泥和辣青菜，而青椒则直接霸气地丢在塑料篮子里。

大浦柱状节理带

醒酒汤，从字面上看就是给喝多了的人用来解酒的汤，小时候看电影《我的野蛮女友》，被饭桌上连灌烧酒然后头直接掉下去睡着的场景给吓呆了。韩国人喝酒这架势，的确应该应运而生一个醒酒汤。

这回是月白风清的一小碗，牛肉片很端庄地漂在一堆豆芽和大葱之上，像是肩负重要使命，能不能救回一条酒鬼浪子就看你的了。刚好是新年的第一天，客人里不少睡眼惺忪仿佛睡到中午才起身的大叔，也有一家几口、三五好友，鱼龙混杂地填满了小馆子的每一个空间，也不知是否炕上暖气太足的缘故，每个人都是两颊绯红，极其配合桌上这碗汤的效果。

不过一碗牛肉醒酒汤而已，却充满了仪式感和温馨感，尤其在寒冷的地方，辣乎乎热腾腾的东西喝下肚，浑身细胞才能被激活啊。

其实去过济州岛后的最大感触是，先入为主的偏见是多可怕的一种东西！本以为再也不会去韩国，但现在，仅仅想到那里的一颗草莓、一粒鲍鱼，就愿意去飞一个周末呀。

缅甸路边摊的艺术 ⧗

　　走遍了路边摊天堂东南亚，行前最没有抱期待的是缅甸，然而结束后最怀念的却也是它。惊喜总会在你没有做好准备的时候发生，当我昏昏沉沉地闯入仰光的夜色中时，并没有意识到，我已经闯入一个巨大的、在变革中的美梦。

　　我预订的旅馆叫 Sleep Inn Hostel，它有一定的预言性质，入住后我几乎贴着枕头进入梦乡，翌日早晨起来后，才开始仔细观察仰光的模样。走到阳台使劲伸了个懒腰，发现对面那栋粉绿色的小楼阳台上，站着一个忧郁的缅甸女人，眼神扫向底下正在醒来的街道。诡异的是，人家两颊和额头上画着大片乳白色的东西，看起来就像不熟练的油漆小工刚刷完房子后的灾难性遗留物。

　　这是缅甸女性的"国妆"，几乎所有女人和小孩脸上都涂着"檀娜卡（thanaka）"，是黄香楝树、木苹果树等树干磨成粉后做的化妆品。满街男女皆穿罗衣（也称纱笼，为缅甸传统服装），区别在于男人小腹前面打一个圆形的结，成了"笼基"；而女人则将棉布逆时针围在身上后掖入腰间，叫"特门"。

笼基、特门、檀娜卡、掸面……从未有一个地方像缅甸这样，将一堆稀奇古怪的词汇噼里啪啦朝我扔过来，完全不顾这位初来乍到者的神经已被刺激到麻木。

我像回到了七八岁的年纪，带着一万分的好奇心去轧马路，人行道两边挤满了密密麻麻的小摊，水果铺、冷饮店、茶档、电器店、彩票铺……西瓜蜜瓜切片定价、一块三百缅元（折合人民币一点五元），香烟盒子拆开了一根根卖。除了缅甸，论根卖香烟我还在埃塞俄比亚见过一次。

四根竹竿支起一张雨棚，下面遮阴处就是一家茶档；扁担挑起两个木架子，中间放一块小搁板，粉色的纱里罩着黄色面条，放下便是流动小吃店；有个胖乎乎的男人在人行道上摆出一张写字台，上面是一小桶石灰、一摞蒌叶，即包即食的槟榔铺就出来了。五颜六色的切片西柚、橙子、杧果，紧挨着卖老鼠药和杀虫剂的摊铺，摊主分别是一胖一瘦两男女，大概关系要好，就形成了这么惊悚的出摊组合。

　　早上没有咖啡喝，有股迫切的生理需求，来一杯茶也好。我停在一张卖奶茶的桌子前，桌布上倒扣着两排污渍渍的玻璃杯，前面放着一条长板凳，大家都是经过，累了，坐下喝一杯茶，然后继续上路，仍有过去那种古风茶档的感觉。

　　我最爱这种一目了然的小摊，语言不通不打紧，反正只有奶茶这一样饮料给我喝，唯一需要解释的是，不要放太多糖！越是天气炎热的地方越嗜甜，在中东的时候就备受"半杯茶半杯糖"的折磨，越南的甜品几乎把我甜得晕过去，缅甸也是如此。

　　店主是个三十岁左右的小伙子，蓝紫色的纯色衬衫，细格子笼基，非常典型的缅甸男人打扮。两个炉子，一只大锅煮奶，一只小锅煮茶，然后在另一个小锅里混合，客人叫了，就舀上一杯，在两只杯子里互相来往几次，上桌后根据需求加入厚厚两勺炼乳或白糖，场面极其生动带感，具有一定的街头表演艺术成分，这才是合格的路边摊嘛。

　　仰光简直就是为我这种小摊爱好者量身定做的观光城市，一杯奶茶五百缅元，折合二点八元人民币，我连要了两杯，一杯死甜的，一杯轻甜的，不太甜的那杯应该可以排上有生以来最美味的奶茶之一，几乎赶超香港最棒的丝袜奶茶。我喝得精神大振，同时也高兴得昏了头，把才买的大袋水果忘在了人家桌上。十分钟后，被人一拍后背，原来那位奶茶小哥追过了一条街，才把水果送回到我手里。

　　而另一大城市曼德勒又是截然不同的风格，路边摊几乎都是藏在暗处，不像仰光，把热闹给人看。有时候要等到夜幕落下，形形色色的小摊主、食客才从城市的缝隙里钻出来，相认后围坐到一起，有时是一杯木瓜青柠汁，有时是一碗哈密瓜冰激凌，以此来清算这一天的奔波。

　　后来，我几乎每天都去二十七和八十三街口交叉处的路边摊吃牛肉咖喱配洋葱色拉、椰浆米饭，在《缅甸》的LP（孤独星球国际旅行指南）里，不少获推荐的饮食店只有一个模糊的坐标：如二十八和八十二街的交叉处。

　　喜欢这样的国家，有许多无法用特定店名来标记的小摊，这种小摊往往只能口口相传，从旅舍老板传给某位房客，又由某位房客告诉火车邻座的另一位旅人，或者像我这样，用猫一般的直觉去自己发现。

　　咖喱摊前是另一个果汁摊，只卖酸柑汁，小哥长相酷似刘烨，系着围裙，卖力的样子很帅气。有一天傍晚六点，我在两个街口以外的地方遇到小哥，他正推着小车慢慢前行，试着打了个招呼——"鸣个喇叭"，这是缅甸语里你好的意思。他居然也记得我，猛一停下，玻璃柜里的青柑们也跟着来了个前滚翻，朝我腼腆地笑起来。

　　在陌生的城市，陌生的街口，突然遇到一个有一面之缘的人，他的人生幕布就在你眼前拉开，那感觉是如此的美妙，瞬间又将自己和缅甸拉近了一些。

　　饭后照例是去七十年代杂货铺风格的小店里喝杯奶茶，露天位置总是高朋满座，出租车司机、摩托车小哥、水果店老板，清一色笼基下面伸出两只拖鞋，唯有我这外国女人突兀地穿着长裤，凑进去大喊，"一杯 yapegi！"这是除了你好之外，我唯一会的缅甸语单词——奶茶。

　　在许多国家的文化语境里，一起喝茶，是一件在短时间内足够建立起友谊的快活事。进到土耳其的地毯店干果店，总有人先递上一杯苹果茶，接着嗖嗖嗖往地上飞地毯展示，喝完即使不买东西，老板也是笑盈盈送客；印度乌代普尔的细密画精品店，我们讨价还价到口干舌燥，店主差伙计煮来一杯杯玛萨拉奶茶，最后杀到半价成交，也不伤和气。

　　缅甸也是如此，喝茶是一天中最重要的事，穿笼基的男人们，在茶和奶碰撞出的香气里谈论美好未来，谈论明天的早餐和即将嫁人的女儿，还有那很快要盖好的二十层高楼大厦，贫穷＋信心，那仍是一种快乐的味道。

　　有一天我雇了位摩托车司机载我去乌本桥看日落，司机半路要加油却没钱，只好向我提前预支来回车费，我没多想就给了。抵达后时间还早，我便请他一起坐在湖边喝茶，接着预约好会面地点，等看完日落再载我回市区。分开后我突然一阵担忧，司机会不会遇到别的生意就丢下我跑了？

金色的落日所向披靡，却不带有一点侵略性，一叶扁舟从桥下的湖面划过，满载着被从心底折服的游人，我看到他们眼睛里点缀着闪闪发光的东西，听着恩雅的 *Dreams Are More Precious*，思绪纯粹地放空，如同她空灵的声音。如果让我在脑海中勾勒某个被遗失的世外桃源，它应该就是眼前的样子。

我想我大概是忽略了一杯茶的情谊，或许是又陷入了长途旅行后轻微的"迫害妄想症"。从乌本桥看完日落回来，司机认认真真地待在原地等我，正在黑暗中努力分辨每一张向他走去的面孔。

回到旅舍后，摩托车司机问我，"你是不是因为昂山素季才对缅甸感兴趣？"这似乎是好多当地人面对我时的疑问，这样单枪匹马闯过来，真的只是为旅行么？我没法儿回答，很多国家成为目的地只是一场偶然，有的是因为机票便宜，有的只是签证和路线方便，我没有那么多伟大的动机，没去过的地方，我只是想来看一看而已。

最后他拍拍自己胸脯说，"我为她画了一幅画，在我心里她是最棒的。"

虽然我不认识昂山素季，但在这里看到的每一个日落，认识的每一个人，都构成我心里"缅甸最棒"的重要元素。

离开缅甸后，被问起这个国家如何，都是毫无一秒钟犹豫，用极其肯定的语气回答，真是太棒了，走过那么多东南亚国家，它却是独一无二的。

总有那些
美好邂逅来抚慰你的心

　　来到这个南亚的海滨小镇，下车后打了个哆嗦，感觉一下子掉进冰窖了。第二天一早起来，我也不下楼，先去厨房转转，想在那儿找些吃的。

　　"Morning！"走进一位亚洲面孔、身材小巧、穿着红色灯笼裤的姑娘，她娴熟地打开厨房煤气灶烧水冲咖啡，看起来已经在这儿待了好几天，散发着非常典型的日本背包客气息。

　　如果硬要用几句话交代背景：姑娘叫明日香，来自东京，三十九岁，半年前辞职，正在漫无目的地旅行中。但一个人哪里是那么容易被概括的，接下来的交谈中，才知道她曾经干了十几年的舞台剧灯光师，去过泰国、印尼等不少国家演出，自己每年都要去巴厘岛学习印尼舞蹈，"比起英文，我的印尼语大概更好一点。"

然而一起逛小城的时候，她还能溜溜地跟老板用法语交流。什么嘛，出门遇到的日本姑娘怎么都是语言达人，而且都具备强大的好奇心和学习能力，一边玩一边学当地的语言。

"到这儿只有速溶咖啡喝了吧？"看着明日香往杯子里倒水，像认识好久的朋友。

"还是 7–11 的百元咖啡更好喝一点。但没办法，不喝咖啡活不过来。"

"哈哈，我也这么觉得。"

"不如明天早上带你去一个很有当地特色的 café 。"她建议。

"好啊，我就想找这样的小店。"

"明早一起去哪！"

其实在外面久了，邀请新朋友一起去做什么，反而变得需要勇气了，怕对方其实有别的安排，担心双方的理解有差异但之后还得绑在一起游玩，等等。但也有那么一些人，会让你从刚认识就觉得，嗯，我们会明了彼此需要的空间和距离，拒绝和接受都不会引起对方反感，只要说出自己真实的感受就行。

早饭后，一个人闲逛着来到海边，当拐出弯曲的小巷子，一下子豁然开朗，看到眼前停着许多归港的渔船。

而烈日当空的午后一般都是用来虚度的，我躺在旅舍露台的凉棚下看书，又见明日香提了个小塑料袋进厨房，拿出日本的万酱油和芥末。我被这两样东西扎了一下，立刻跳起来走向明日香。

"这几天一直在吃刺身呢，昨天做了鲷鱼。"她看起来满足得很。

"带我去鱼市啊！"吃了十几天素之后，光是"鱼"这个字就能让我失去理智，此时若有人使坏心眼，我一定会乖乖把支付宝银行卡密码都告诉他的。

"要不你还是在旅舍等我吧，有新鲜的鱼我买回来做给你吃。"明日香俨然摆出大姐大的样子。

"一起去。"我斩钉截铁。

原来鱼市就在我早上去过的海边附近，她熟门熟路地去每个摊上看鱼的成色，一边跟我讲解着。但逛了一大圈都没找到可以用来做刺身的鱼，正准备悻悻而归，发现路口有位卖海胆的小哥，就让他直接开两个尝尝，尽管实在不太饱满，但真的是海胆的味道。

我和明日香互相看到对方的表情，马上决定，买！折合不过三块钱一个，提着一塑料袋回旅舍，随后赶紧分工合作，用小勺子挖出那一点点橘红色的肉。明日香装了一碗清水，每一瓣海胆在水里漂过后用纸巾吸干水分，最后的成品才小半碗，真是放在手心怕化了，我俩像看金子一样看着它。如此瘦弱的海胆还是第一次吃到呢，算了吧，互相安慰，至少是海胆啊。

"不行，过一会儿我再去趟鱼市，可能还有渔船回来，你明天就走了，我一定要让你吃上一顿刺身。"明日香像赌气似的。

同样是离开东亚太久的旅人，不用言喻就懂得彼此的心情。一碗白米饭，一份清清爽爽的鱼刺身，该会是多么大的慰藉啊。

也许就是食运不佳，我们傍晚再杀了一趟鱼市，依旧空手而归，明日香在旅舍做蔬菜色拉，我则去了海边看日落。海风依然潮湿，但小镇却开始变得不一样了，突然就体会到阅历和经验的魅力，三十九年不是白白度过的，哪有什么世俗标准的成功可言，我们正过着自己想要的生活，没有结婚没有小孩，又辞去了厌倦的工作，不是很棒吗？

没错，遇到什么人，才决定了会有多喜欢一座城市。

在路上有意思的邂逅不是第一次，但让我有些在意的是，这些日本姑娘和小伙都是怎么找到奇奇怪怪的 local（当地的）打开方式的？

小镇的最后一晚，我俩坐在旅舍露台上聊天，才知道这些信息都来自一位定居小镇的日本姑娘，她手绘了日语版的小镇地图，把这些信息传到个人博客上，细心标出了每一家小店，据说她还开了间旅舍，定期会在里面举办"刺身畅吃"活动，旅人的味蕾乡愁也能得到一点点满足。

"之后来东京的话可以住我家噢，我家是做榻榻米的，不过大地震时房子裂了，等修好后就很好啦！"明日香在我手机的地图上标出了她家的位置。

"好啊，等我办好三年签，就打算去仙台然后再到东京呢。"

"哈哈，说起仙台，我家有个熟人在那边，说如果大学落榜了就来仙台学神道吧，幸好考上了，否则现在就是神社的神女了。"

第二天早上，一起去当地咖啡馆吃了个早餐后，明日香送我去汽车站，她一路走一路折纸鹤，我有些疑惑，大概是她的某个习惯性嗜好？到城门口时，她却郑重地把折的纸鹤送给我，还有一枚五日元的硬币。

"本来想找昭和六十三年的，结果翻了半天钱包只有这枚平成元年的啦。"

突然就感觉心里扑哧一声，仿佛被温柔地捏了一下。昨晚无意聊到自己是昭和六十三年出生的，她居然就留心记下来了。拜拜了，珍重，我可爱的朋友。

回来后，我一直去网上追看明日香写的旅行散记，她的文字细致有趣，还有种种对人生与世界的思考，带一点点寥落，又充满哲学意味。小镇分别之后，她又去了埃及、坦桑尼亚、马维拉、卢旺达……现在依旧一个人在路上，刚刚抵达纳米比亚。我想，在那里她一定会遇到很美的沙漠和星空的。

曼谷夜市那一碗夺魂海鲜粥 ⧗

　　"东南亚的心脏"当之无愧属于曼谷，在这片地区转讨一圈，住过一美元的床铺，吃过公路休息站的炸蚂蚱，被千篇一律的西式快餐食物折磨过，就想着回曼谷去歇一歇脚，好好补给一番，才能够继续上路。

　　很多人吐槽曼谷过于嘈杂和都市化，不够清迈派县小清新，不够甲米苏梅风光好，我倒觉得还是离不开大城市带来的好处，丰富、舒适，既弥漫着宗教的神秘气味，又热情奔放甚至疯狂。同样是大城市，生活在曼谷的人们极有耐心。有一天我搭轻轨去泰式烹饪班上课，在行色匆匆的早高峰车站，一欧美游客出站不懂如何插卡，后面排队等候的也不着急，没人小声埋怨。泰语里叫"Jai Yen Yen"，慢慢来，对啊，又不是赶着去投胎，何必给自己还有旁人制造怨气呢？所以每次在曼谷坐上 TUTU 车，扭来扭去地穿过堵车长龙，横冲直撞在各种香味腐味混合的街头时，总觉得难以理解这个国家在速度上的分裂。

曼谷是一个复杂的多元体，但又不像香港那样拥有强烈的地域文化认同感，所以它宽容得几近可爱，何况还有着相对便宜的物价、成熟的背包客文化、发达的公共交通、数不清的寺庙和大商场，自然也不乏高档餐厅和同样美味的大排档，每次去我都得待上一个月，把自己丢进这团美味的乱麻中，放开了心去探索。

吃过无数曼谷的街边小摊，有这样一个感想：真是个塑料袋上的国家啊。曾在唐人街边打包一份白果燕窝，一看里面，燕窝、白果、冰块分三袋装，加一个塑料勺和纸盒子，全部套在一个大塑料袋里。再打包一份鱿鱼粥，也是米粥归米粥、鱿鱼汤料归鱿鱼汤料，完了还有两小袋酸辣椒汁和豆瓣酱。

所有的小贩都是打包神手，娴熟地扎上牛皮筋后，每袋食物都鼓着满满一包空气，好像买了一堆气球回去，奇怪的是塑料袋内壁因此而不容易粘住食物，似乎为打包而生，一倒就滑溜溜地出来了。

只是对于旅人来说，若没有碗筷调羹，怎么吃真是个问题。后来索性去买了个长柄大勺子，直接把一包米饭倒入另一包菜里，混合成类似"咖喱酸笋鸡肉泡饭"的东西，再买一瓶鲜榨果汁，配起来吃，幸福感也爆棚。

若说起泰国的夜市，不得不单独颂扬一下曼谷的唐人街。华灯初上时，耀华力路沿街摆起了密密麻麻的小摊，海鲜大排档，炒面炒粿条，平价燕窝摊……中间穿插着双色鲜榨果汁摊，石榴汁红得鲜血一般，柑橘汁则呈柔和的黄绿色，还用着最原始的按压式榨汁器，没一点虚假的清甜可口，买两三支瓶装的夹在胳膊下面，作为接下来决战大排档的必胜法宝。所有的锅碗瓢盆都在热空气里捂着，炒锅铲子乒乒乓乓响着，青木瓜沙拉、烤鱼炸鸡、泰式炒米粉的各式香气蜂拥而至，大锅炒、镬气足，辣的极辣，香的够香，看到所有食物各归各位，在最好的时候进入胃袋，比什么都开心。

跟唐人街结缘最早在几年前，有天晚上逛过来觅食，发现路边一间古色古香的粥档，叫"新三羊新兴茶室"，单独一个小门面，远离后边红尘滚滚的热闹，客人不会多到围成一团，但也是源源不断。不得不承认，美食会散发出某种共通的气场，第一次路过时就感应到，"好吃，绝对好吃不会错！"

一位头发花白、典型潮汕长相的老爷子掌控大局，不仅做粥利索，记性也极好，谁堂吃谁外带，谁付没付钱，先来后到丝毫不会错。有次正赶上人多，硬生生等了快半个多钟头才轮到，索性把粥档的营生看了个够。

粥档内有一位小伙子负责打包和准备食材，老爷子主外场，右边大锅子煮着粥底，左边的锅里浸着两个篓子，一个装鱼骨，只是在水里滚，奶白色的鲜汤底就出来了；另一个烫食材用，客人点什么就放进去一烫，即刻拿出来，倒进粥底，撒上香菜、鱼松、榨菜末、鱼露等。

生蚝、虾、鱿鱼、白仓鱼、佐鲈等食材供选择，贪心如我，几乎都尝过一遍，食材新鲜不说，老爷子还极舍得下料，好像不花自己的成本钱，只要好吃、大家开心就行。作为一名内心活动极丰富的食客，遇到这样的小摊，我总会脑补上一些前传，比如老爷子曾出身潮汕地区的名门望族，后来家道中落流落于南洋，做过苦力干过无数求生存的粗活，但始终不忘想开一家自己的粥档，让这份祖传的家乡味道流传下去。

喂，醒醒啦，是不是被那些宣传情怀的餐厅文案洗脑了，看什么都是一台大爱无疆的感情戏？说实话，我倒是情愿相信人的生存本能，而非虚幻的情怀。为了生存，人是会焕发出很多大智慧的，从而再有享受生活的小爱，才有将美味提升一个档次的执念。

这么多年粥档做下来，也许老爷子心里早就长出了一只肉身时间表，时间要精确到秒，堂吃的烫几秒，打包的则要在此基础上少烫几秒，才能在路上靠粥的余热把食材焐熟，否则就老了。鱿鱼粥最适合打包回去，依旧肉质舒软、鲜嫩无比，让人觉得即使被吃掉，这也一定是条生前很幸福的鱿鱼，再浇上酸辣椒汁和黄色的潮汕豆瓣酱，鲜味立刻被引出来。

燕窝甜品是唐人街夜市的另一大亮点，普遍不过一百泰铢（合二十元人民币）一碗。这种铺子都是临街摆摊，专心一点的只卖燕窝和白果两样。我最喜欢　间全能型的铺子，掌舵的年轻姑娘总是一脸不慌不忙地想心事，仿佛手上动作已成植物性神经反射。炭炉上烧着几个大铜锅，滚着汤汁蜜一样黏稠的白果、龙眼、莲藕、银耳等原材料，只要巧妙地搭配组合，姜汤汤圆、莲子红豆、多粿龙眼、白果牛奶，加几块冰，马上一碗神奇的消暑甜品诞生了。

只是泰国夜晚的潮热极可怕，一坐下来汗都要转化成油了，于是也打包回去。我提着两手的汤汤水水，热的燕窝和冰的果汁在袋子里相亲相爱，我忙着给戴上老花镜也看不清导航的出租车司机指路，也就顾不得它们了。美味的东西才不会在这半个小时内变质呢，像人心一样，可爱的泰国人是这个国家最大的吸引力，每每回来，都是不变的亲切和温暖。

我们在 Airbnb 网站上租了一套单身公寓，二十九层的风景，待着舒服得简直不想出来。后来在曼谷的日子便简化成早上睡到自然醒，下午窝在家里吹空调睡大头觉，晚上就到唐人街去买街边摊，打包几个甜品和海鲜粥再回来夜宵。

相比之下，清迈夜市则是一场专属游客的盛大嘉年华了，铺天盖地是零碎的手工艺小商品。只是夜市嘛，就是要有吃的，要密密麻麻地吃、乌烟瘴气地吃才好！这样说来，曼谷唐人街的夜市才够格。

生活一塌糊涂的时候，
就想回清迈喝咖啡

Akha Ama Coffee 门外

世上的瘾物不少，堂堂正正的却不多。酒精让人迷醉，咖啡却给人清醒，光这一点就足够为咖啡正名。更别说它那令人陶醉的香气，苦涩醇厚的味道。谁也想不到，这小小一粒红色浆果，居然能爆发出让全世界为之倾倒的魅力。

这颗红色浆果其实有不少分身，其中最出名的是 Arabica（阿拉比卡）和 Robusta（罗布斯塔）两个品种。阿拉比卡豆子适合做精品浓缩咖啡，多产于夏威夷、巴西、拉丁美洲等地；而罗布斯塔因为便宜得多，则成为速溶咖啡的重要原料，越南产的咖啡即多为罗布斯塔。咖啡豆的种植在中南美洲、夏威夷、印度尼西亚都大放异彩，哥伦比亚、肯尼亚、牙买加等产地也早已名声大噪，唯有泰北的清迈始终保持着低调。

不知为什么，说出"清迈"这两个字似乎有点羞愧，仿佛在不知廉耻地推荐一件烂大街的"淘宝爆款"。所谓爆款，并非人家一无是处，而是你没穿出范，没玩到点上。清迈是反证的最佳典范，它所在的泰北山区种植阿拉比卡咖啡豆，古城和宁曼路集中了好多家高品质咖啡馆，皆是小小一间门面，配色逃不出黑、白、原木色，以及闪闪发光的不锈钢银。只要还有这样又平又靓的咖啡馆在，无论清迈小城变得多么商业化，仍旧可以为了一杯咖啡再次造访。

最早待在清迈的时候，爱去帕辛寺附近的 Akha Ama Coffee，尽管古城挤满了观光客，倒也不影响精品咖啡馆们默默无闻的营生。反正远不如连锁马杀鸡、文艺小铺、酒吧甜品店热闹，来喝咖啡的都是知音。据说老板 Lee 大学时受到在 7–11 喝到的一罐咖啡的影响，下决心要把毕生精力献给咖啡事业了，又是一个人生轨迹在一念之间被改变的励志故事。他将咖啡豆引种到泰北山区的 Akha 村，高海拔低纬度气候适合种植优质的阿拉比卡咖啡豆，和文艺气息满格的清迈一拍即合，咖啡馆便顺势在这里遍地开花了。

店内是清一色冷硬的水泥灰，只设了一排靠墙吧台位，几张硬邦邦很不舒服的凳子，摇摇欲坠的木条桌，室外空间倒是更大更敞亮。我常常是 Latte、Cappuccino、Regular 三种咖啡轮着点，皆六十泰铢（合十二元人民币）一杯，无论在哪个咖啡文化盛行的大城市，东京、上海、香港、柏林，你都不可能找到这样的性价比。

扎冲天辫的小哥总是穿一件朴素的灰色 T 恤，熟练地在 Espresso 机和手冲器具间转换。可惜他家的芝士蛋糕有股浓妆艳抹的味道，不过我始终觉得，咖啡才是检验咖啡馆的唯一标准，若法式甜品做不到完美，来一份本地特色的杧果糯米饭、榴梿冰激凌配咖啡，未尝不可。

Pacamara Coffee 店内设计小巧温馨　⧗

宁曼路附近的 Impreeso Espresso Bar　⧗

☒ Ristr8to 咖啡馆内

在同一条街的不远处，开着类似风格的 Pacamara Coffee，也是一个窄窄的门面，镶着木框的透明玻璃窄门，裸砖墙外刷一层白漆，简约又满满工业风，它家相对稍稍悠闲一点，但也仅仅是客人的翻桌频率低一点而已。只可惜桌子也是一小张，刚刚够一两杯咖啡，若硬要加部电脑上去，恐怕连手肘都没地方放，咖啡只能捧在手里。

这一类咖啡馆，更像是萎靡不振的时候路过，来喝杯"歇脚 coffee"的。"泡"咖啡馆，还是别想了吧，没有能舒展开手脚的大沙发，只能缩在角落里，或者像 CBD 的女白领一样，外带一打咖啡回办公室，"来来来，谁要拿铁，谁要卡布，自己来认领！准备开会啦。"不过古城清迈并没这种急吼吼的光景，不少外国面孔也都是常住客，嬉皮士们都跑去更遁世的派县了，留在清迈的这一拨，大多是讲究生活情趣和生活质量的自由职业者，往往旅行是其主业，另一份赚钱养活旅行的工作倒成了副业。

要说清迈古城最难找的咖啡店，这个头衔只能颁给 Ponganes Espresso，大概它也会叫屈，明明我们的咖啡也很好喝啊。他家以前开在 Moon Muang Soi 5，但是 Google 地图一时半会儿没改过来，我们骑着硕大的摩托车，把小窄巷前前后后走了十八遍，最终能把它找到只能归之于运气好。

老板早年在澳洲修过咖啡制造的科目，属于对咖啡特别执念的那一类型，以前早上还会供应火腿芝士可颂之类的简餐，现在就专注做咖啡。室内只有一张靠墙的长桌，记得当时就是站着喝完了一杯 Flat White，感觉像在日本车站的荞麦面店。但不得不说，他家的 Flat White 有那么一点点完美，不枉我在找它的时候用掉了摩托车的小半箱油。

自从被这里的阿拉比卡咖啡下了咒之后，再来清迈，我索性把根据地搬到了宁曼路，住在附近一户香港华侨开的民宿里，好处是几家不错的咖啡馆都在步行距离，到古城也不过是一脚油门的事，清迈小日子就以寻觅美味咖啡为重心。

知了扯着嗓子吼，又是一个热烘烘黏糊糊的下午，本应是贡献给冷气房的午睡时光，同伴已在旅舍睡得烂熟，心里带一点小时候放暑假偷偷绕过睡熟的大人溜出去买冰棍的窃喜，一路小跑心慌慌

Ristr8to 的卡布奇诺 ⧗

的，宁曼路附近的 Impresso，一看名字就知道是特别刚硬的类型，不敢马上来一杯浓烈的 Espresso，带点偷欢意味的愉悦的午后，还是拿铁这种温柔点的角色好。

宁曼路的传奇咖啡馆 Ristr8to Latte Art Café 是隔天就要去打一次卡的。老板兼咖啡师 Khun Tong 曾获得二〇一一年世界拉花

⚱ ristr8to 的冰拿铁

大赛第六名，这位帅气迷人的大男孩曾在澳大利亚经营了几年咖啡馆，终于还是回到清迈，颜值和味道都爆表的 Ristr8to 就此诞生。还能有比这样一家咖啡馆更完美的么？

自己的话呢，还是喜欢先来一杯卡布奇诺试下该店的水准，接着从其他的单品手冲慢慢喝。传奇不愧是传奇，卡布奇诺奶泡打得细腻柔滑，放置好一会儿也不会变形，醇、香不足以形容那种美味，而是抓到了最好的那个平衡点。

向来不习惯在正儿八经的咖啡馆点冰咖啡，怕破坏了它的完整性，没想到在这个热带国度，居然能把冰咖啡也做到滴水不漏、冷峻迷人，让人挑不出一点毛病。

唯一缺憾是他家相对开放式的格局，没有"冷气十足"的凉感，在动辄三十多度的天气里，实在宅不了多久。好几次去，觉得它更像一间咖啡酒吧，睡眼惺忪的金发男子、清迈大学的女学生、墨镜窄腿裤的时尚小伙，手捧咖啡杯，仿佛都举着鸡尾酒杯在进行社交，party 马上就要开场的即视感。

仔细想了想，也对，在北京和上海，我去过太多自习教室一样的咖啡馆，一进门，齐刷刷地三四台苹果电脑，每个屏幕后面都是一张苦大仇深的脸，也有抱着教材和笔记认真学汉语的外国人，更有不少高谈阔论创业和投资的金融新贵，手边的咖啡呢，只是一张空间和 WiFi 使用的入场券。有些一天要赶好几个场子谈生意的人，受不住一大把咖啡因，只好要一杯果茶或花茶充数。要这么说来，柬埔寨暹粒的 Blue Pumpkin 就站到极端的对立面了，不同于北上广的"自习教室"，这间咖啡店主打躺着喝咖啡，座椅改造成后背倾斜四十五度的床，一恍惚还以为自己来到了足浴店，里面躺满了一个一个从吴哥窟归来后身体散架的背包客，我也毫不犹豫地跳上去做了其中一员，不小心美美地睡了个午觉。

清迈比暹粒稍微上进一点，典型的一天应该是这样的，睡到日上三竿自然醒，中午吃一份发清饭店的海南鸡饭，不用太饱，然后到隔壁老太太家买个椰子冰激凌，太阳下走三步就一身臭汗的下午时光，最好的办法是先来个马杀鸡拉拉筋，接着找家咖啡馆舒舒服服地小喝一杯，看看书聊聊天，消磨一些可有可无的时间，反正我的一分钟也赚不了一千万，愉快地浪费掉有何不可？

在时代的浪潮中，清迈是"落伍"的，它也不用当曼谷，它只要继续保持慢吞吞的文艺范，把所有的力气用在让咖啡更美味、让夜市更翻滚、让寺庙更金光灿灿上面就好。也只有在清迈，两个咖啡爱好者可以互相碰杯，默契地说一句，"Cheers！"

在斯里兰卡连吃 ⌛
六十顿咖喱是怎样一种体验

　　曾有位极其热爱咖喱的素食主义朋友，单枪匹马去印度待了三个月，一开始还吃得欢天喜地，到最后终于忍不住大吐苦水，在这个国家旅行真是太棒了，问题就出在吃。

　　斯里兰卡的文化血统接近印度，对吃我也做足了心理准备，二十天的旅行，满打满算不就是六十顿咖喱吗？结果证明真的一点也不夸张，六十顿里大概吃了五十顿咖喱配米饭，剩下的十顿包含咖喱角（Samosa）等小吃。斯里兰卡一圈下来，算是把小半辈子的咖喱都吃完了，你说为什么不是一辈子？因为还有大半辈子留给印度啊！

　　也许是时间还不够长，不仅没有吃厌，还吃得不亦乐乎，最后整个人带着一身咖喱味依依不舍地离开。斯里兰卡的咖喱并没有想

康提市场里的香料摊

象中单调，主食也变化多端，从馕到米饭到 Hopper（一种用米粉做成的碗状空心饼），排列组合出好多新鲜的搭配。

高山小镇埃勒号称拥有斯里兰卡最美味的咖喱，我们在这儿竟遇到了难以想象的"预约制"，尤其是当地最负盛名的 Rawana Holiday Resort（拉瓦纳假日度假村），十多种传统咖喱都是点单后再现做，如果没有预约，就要花得起时间。像我们这样贸贸然闯入的不速之客，只好各自掏出小说来看，等着厨房里传奇咖喱的漫漫烹制之路。从天亮一直等到霓虹灯点起，电视上的诵经大会都播了两场，耳边一阵阵"呐妮嘛里乌里轰……"的声音，搞得我跟日本姑娘美纪昏昏欲睡，咖喱总算姗姗来迟，"要敢不好吃的话，我们干脆吃霸王餐走人吧。"美纪一脸疲倦地说。

"我也这么想，那就赶快开动吧。"

只见每个小碗盛放一种不同风味的咖喱，配上大葱炒饭、脆薄饼、凉拌蔬菜和青柠果汁。斯里兰卡的经典咖喱食材是一种叫 Dhal 的黄色谷物，外形有点像粟米，它就是万变不离其宗的咖喱底子，地位等同日本料理中下饭的腌菜，其他多以蔬菜为主，甜菜、茄子、大蒜、波罗蜜、凤梨、鹰嘴豆皆在此列。有次在加勒老城点过十种配菜的咖喱饭，最奇特要数杧果，酸甜的果肉和多种风味的咖喱完美碰撞，没想到杧果居然可以被当成菜下饭；最惊喜的则是采用嫩波罗蜜做的咖喱，果实吃起来像笋，却散发出一种甘甜，中和掉了酸辣的口味，尤其清鲜爽脆。

斯里兰卡盛产肉桂、豆蔻等上乘香料，曾是西方国家香料群岛争夺战中的重要据点，"咖喱"作为香料的合成体，自然也带上了高贵的血统。然而真要吃到当地咖喱的精髓，就得跟着当地人的脚步，钻进街头巷尾的小吃店，枕着油腻腻的桌子，坐在快散架的塑料椅上，来一份自助式咖喱米粉。胡萝卜、Dhal 和秋葵是最常见的黄金组合，通常只要一百卢比（折合五元人民币）左右，可以任意添加饭菜，吃到扶墙而出为止。

即使一家外观看似优雅的甜品店烘焙坊，只要走进屋子深处，一定能看到玻璃柜里架着几个铁盆，盛着颜色各异的咖喱。或许咖喱米饭对斯里兰卡人民来说是水一样的生命源泉，不管是高档的 café，小资的甜品店，接地气的穆斯林餐厅，甚至肯德基，都必须有咖喱才能维持生意。

晃在首都科伦坡的一个多星期里，我唯一的活动就是找接地气的小馆子，这需要一点直觉和运气，就这么让我发现了 Majestic 购物商城对面的 Bilzd Hotel。首先，千万别把它当作一间酒店，凡冠以 ×× Hotel 之名的几乎都在一楼二楼经营餐厅，看不出半点可住人的迹象；其次，店门一侧烧旺的炉子上专做 Hopper，另一侧是土法炼钢的鲜榨果汁，同时符合这两项条件的餐厅绝对接地气不会错。

科伦坡 Bilzd Hotel 的 Hopper ⧗

老板亲自站在门口吆喝，听不懂僧伽罗语，我猜想，一定是类似"快来吃啊新鲜出炉的 Hopper"之类吧。就这样，这家店成了我在科伦坡的食堂。事实上，咖喱并不局限于以米饭作为主食，还有 Roti（印度煎饼）、Nang（印度馕）、面包、面条等助阵，或者说，Hopper 才是斯里兰卡咖喱的核心。

一般的 Hopper 是种碗形薄饼，奢侈一点，可以往里面打一个鸡蛋，撒上黑胡椒。最初 Hopper 端上来的时候，我自以为是地把咖喱倒进这个"碗"里，周围的斯里兰卡男子对着我偷笑。桌对

⧗ 康提素食餐厅的芭蕉咖喱饭

面是一位穿制服的警察大叔，会一点英文，于是亲自给我做演示。原来是要像馕一样，用手掰着 Hopper 蘸料吃。好处是奢俭由人，想当作正餐的，就多要几个"碗"，加份鱼肉黄咖喱和咖喱角；若只是有点肚饿想来个下午茶，就要一杯锡兰奶茶，拿两个刚出锅的Hopper 蘸辣椒酱，跟两三老友话家常，花不了几个卢比，即能获得大满足。

让人有些莫名的是，Hopper 在这里是一个"碗"，到了有的地方又变成了细面条，呈浅浅的紫灰色，看起来像日本的荞麦面。

那天在马塔勒汽车站等车，还有点时间，就和美纪同去附近小店吃早饭。老板指着几堆面团大喊，"Hopper，Hopper，要一个么？"百思不得其解，那就试一试好了。

配菜直接呈现在玻璃柜里，语言不通也不要紧，尽管用手戳，我戳了 Dhal、椰青、茄子三种，老板麻利地往盘子中央甩上一坨 Hopper，盛好配菜又狠狠浇了一勺咖喱汁，大清早吃这么重口味没问题吧？我和美纪相视苦笑。

面条状的 Hopper 事先煮好沥干，嚼起来带一点点蒟蒻的 Q 弹感，像凉荞麦面，非常适合炎热的临海小镇马塔勒。就在这间小店里，我邂逅了最棒的庶民咖喱：Dhal 加了罗勒后香味更加丰富；斯里兰卡土产的黄金椰果肉碾碎后制成了辣味椰肉咖喱；茄子则是加了香料的中华风。

店内的泥地实在太不平坦，我几乎是用一只脚撑着椅子吃完"咖喱荞麦面"，那一刻大概明白了咖喱究竟是怎样一种食物：它不虚张声势，不欢迎任何外貌协会成员，却是味觉至上主义者莫大的享乐。

从康提（斯里兰卡中部的著名圣城）的素食餐厅开始，我就学着当地人用手抓饭吃，吃完得用上一坨洗手液才能洗掉油腻。美纪也是一样，我们心照不宣地秉持"混到当地人里去"的旅行观念，她几乎从来不用餐厅专门为外国人提供的刀叉，也不会特地带一双筷子。

想起在曼谷遇到的日本小哥，曾经因公司出差来过泰国一次，"住大酒店吃高级餐厅，一点泰国的感觉都没有，所以这次我特地自己来体验タイっぽい（泰国感）。"结果睡青旅床铺吃路边摊，迅速中招，"今天在旅舍床上躺了一天，拉肚子。"小哥愁眉苦脸地告诉我，紧接着又向我打探起来，附近有什么好吃的啊？

到一个陌生的地方，去品尝当地的食物，对我而言是天经地义的事。斯里兰卡临走前最后一餐，依旧跑去我在科伦坡的食堂 Bilzd Hotel。胖胖的老板见我连忙喊起来，"两个 Hopper，一份鹰嘴豆咖喱和辣鱿鱼，没错吧？"

"还有一杯 Lime Juice（酸柑汁）。"

"抱歉，今天果汁机坏了啊。"

当我告诉他我就要搭乘当晚的飞机离开时，老板突然就惆怅起来，顿时精神一振，"我的朋友，你放心，机器坏了，但我可以手工为你榨果汁，一定要再来吃噢！"

嗯，为了咖喱我会再回来的。

去马塔勒海边捞贝壳 ⧖

一早从斯里兰卡的埃勒出发，没想到路过埃勒去马塔勒的巴士居然准点到达，几天下来，我和美纪都习惯了这种慢悠悠晃在盘山公路上的大巴，前后门永远敞开着，某些拐弯处简直让人以为会被甩下万丈悬崖。

我们一只手死死地攥住扶栏，另一只手怀抱着背包还能同时吃着咖喱角，反正都上了车，只能听天由命，且乐在其中。

从埃勒到马塔勒的途中，巴士要横穿一大片湖泊，斯里兰卡人在湖中造了一条捷径。当时刚从山路十八弯盘旋下来，散去的浓雾又随着雨点聚拢回来，睁眼一看，四周都是灰蒙蒙的湖水，巴士仿佛凌波微步浮在水中央，脑子里立刻跳出宫崎骏动画中的场景。

"快看外面,这像不像《千与千寻》的水上列车？！"我摇醒美纪。

"啊，真的哎！"

一个时空与另一个时空，就这样莫名交叉联结。一个人与另一

⧗　马塔勒客栈的海边

个人，也是一样建立起关联。

马塔勒只是个折中的落脚点，美纪将北上热带雨林，我将继续沿着斯里兰卡的西南海岸线向首都科伦坡走。在巴士里颠簸一整天后，我们一心只想迅速找个旅舍安顿下来，放弃讨价还价的戒备心态，立刻被前来搭话的大叔带到了他开的海边客栈。

所谓客栈，不过是一栋普通民居，两位皮肤黝黑、裸着上半身的男子还在刷墙壁，地上摊满螺丝、起子等五金工具，布局一样的两间房，一间有人住的样子，后来才发现是老板自己住；另一间只有一张大床，我和美纪只能挤一挤。看着这个半成品客栈，决心以此来讨价还价一番，最终又减掉四百卢比成交。美纪一脸开心，"有你在我都不用还价，太省心了。"

房子虽然简陋，唯一的好处是出门便见沙滩和大海，本来我是个对"海岛度假模式"完全提不起兴趣的人，对于我身上活跃着的那些二十多岁的细胞来说，根本不需要吃吃喝喝晒太阳这样的休养。

沙滩上摆着几把塑料椅，向房东要了杯鲜榨木瓜汁后，美纪拿出文库本散文集，我则掏出 Kindle，旅舍的长毛狗辛巴安静地和中意的小母狗依偎在旁边。经历连续几天茶园小镇的阴雨连绵，这种曾令我讨厌的无所事事的阳光沙滩时光居然也变得美好起来。

老板 Barai 和前来帮工的小伙子 Naga 忙活完毕，盛来一小碟炸鱼，还给我们斟上当地的金椰酒，太烈，于是加入冰镇可乐，依旧喝得我两颊燥红，借口去海水里降降温，却意外发现几块大岩石上附满贝类，捡了些白底绿纹螺和灰褐色小贝壳欢天喜地地回去，原因简单粗暴，看上去很好吃的样子啊，下酒菜不是吃完了么？

Barai 疑惑地看着我："你们家乡吃这个么？"

这种情形下，只好视死如归地回道："吃！"硬着头皮跟他进到厨房，抱着海产只要新鲜白灼一下就很好吃的念头，煮开一小锅水，连沙都来不及清就一股脑倒进去了。螺肉一煮都缩进壳里，另一种贝纷纷落到汤里，稍稍蘸点盐和胡椒，鲜得眉毛都要掉下来。

美纪一看，"这个叫伞贝，我小时候在北海道也抓过呢，形状不是有点像伞么？可以吃噢！"她大学专修海洋生物，后来在东京当过几年水产线记者，这话简直是下了特赦令。

"我们一起去捡贝壳吧。"经不住我要给大家捕获更多"下酒菜"的软磨硬泡，Naga 进房拿了把小刀，丢给我一个大袋子，"Come on"，意思是他负责撬贝壳，我收好这些宝物就行。

接近傍晚，天色渐渐变暗，海浪也汹涌起来。Naga 整个人都泡在海水里，尽心尽力给我寻找肉厚的大伞贝，几次差点被海浪冲走，我的衣服裤子全湿透，只顾死死地攥住那只装满伞贝的袋子。

　　这是吃货的直觉和大自然馈赠的完美结合，在此刻才突然感到大海的美好和丰富，海不一定要多蓝，风光差一点也不要紧，和有意思的人一起，遇到有意思的事，即使语言不通，也能同你分享此种喜悦，这才是真正的美景。

在马塔勒下海捞贝壳（有田美纪摄）

⧗　马塔勒海边的岛上寺庙

　　浑身散发海腥味的我们回到客栈时，Barai 已煮沸了水，并做好一盘姜、蒜、辣味俱全的鹰嘴豆色拉等着我们。抓来的伞贝煮出整整一大盘。远处厚重的云层后面透出宝石般色泽的晚霞，我朝着还在海里游泳的美纪大喊："起风啦，快上来吃伞贝！"

　　丰盛的下酒菜甚至引来方圆几里内的五条狗，连沙滩上的寄居蟹都集体出动，我随口问了一句关于寄居蟹的常识，没想到美纪居然侃侃而谈："我大学毕业论文写的就是寄居蟹。"原来这种小生物可好玩了，随着身体长大会去寻找不同尺寸的外壳，有时候还会两两交换外壳，像在晚会上交换舞伴那样自然。

夜深人散，临睡前，灯熄灭了，我俩仰天躺在小床上。"你看，怎么有东西一闪一闪的？"

"好像是萤火虫！"美纪叫起来。萤火虫在蚊帐顶上绕着飞，绿色的小点忽明忽灭，这一点小小的惊喜让我们开心不已。我记得旅途中有好多这样的瞬间，仅仅是一点自然的赏赐和奇遇，就慰藉了之前所有的辛苦和折腾。

第二天早上，我们将在马塔勒巴士站分别，突然发现车站对面有座吊桥，连着一个小岛，远观像是某位大富豪的私人别墅。

登上去一看，居然是一个坐拥三百六十度无敌海景的小寺庙，乌鸦不知今夕是何年地鸣叫低飞，我俩鬼使神差地买了几束紫色莲花，赤着脚慢慢爬上小山坡，供奉给端坐于玻璃橱窗内的菩萨大人。

在斯里兰卡，海一点也不奢侈，大片黄金海岸被殖民者用来修铁路，筑城池，运输茶叶，抵御外敌，海的丰饶和神性反倒成了千古之谜。离开马塔勒的时候，它总算在我心里为 Seashore（海岸）正名了。

会施魔法的热带甜品 ⧖

如果你恰好是个榴梿爱好者，马来西亚简直就是天堂般的存在，榴梿品种多，品质高，而且就像国内卖西瓜似的，堆成小山那么高，简直要找一部梯子爬上去才能把顶上的取下来。

榴梿中的顶级品种要数猫山王，马来语里"果子狸"的音译，叫 Moosang(猫山)。果子狸最聪明，鼻子又灵敏，专挑熟透的高品质榴梿吃，所以把这种榴梿叫作"猫山王"，意指果中之王。国内吃到的多为泰国金枕头，像鸡孵蛋一样，摘下来后还会继续熟成，适合长途运输；猫山王则多种在斜坡上，等果子成熟后自己落下来，客观上造成了新鲜的猫山王无法被运往遥远的国度，你得把自己一颗对榴梿虔诚的心掏出来，为航空公司做一番贡献，千里迢迢赶赴产地，才有可能获得美味之神的临幸。

马六甲鸡场街的榴梿晶露　🏺

　　猫山王剥开来呈姜黄色，表面光洁，内核相当小，果肉咬上去有如凝脂般嫩滑的口感，带着淡淡的奶香味，从舌尖可以一直回味到喉咙甚至胃里。完了要一斤山竹清火，那香气引得桌子上一群群蚂蚁列队爬过，乌泱泱一片，好吃的东西在人与动物的世界里真是共通的啊。

　　对我这种榴梿重度爱好者来说，榴梿泡芙就是东南亚甜品中的神物。马六甲鸡场街和吉隆坡茨厂街的出品各有千秋，榴梿果肉混合着不同比例的奶油，略微冷藏后放到嘴里，这个性强烈又浓郁的水果居然产生了清风徐来的爽口感。

　　离开马来西亚的那天，冒着没钱吃午饭的风险，把身上最后的五马币全部奉献给了榴梿泡芙，胃袋空空坐了一天巴士。突然觉得，所谓神物，不仅是在吃的当下让人满足，更重要的是留给人长长的后续的回味。有时候，这种回味居然能变成想象的面包来填饱肚子。

　　马六甲藏龙卧虎的鸡场街上，还有另一样传奇甜品——晶露（Cendol），新加坡也翻译作珍多和煎蕊，私以为都没有晶露来得传神，那简直是把甜品最诱人的元素全部堆砌在名字上了。晶露是

☒　**马六甲鸡场街的榴梿泡芙**

在沙冰里加入绿色的斑兰、蜜汁红豆和仙草凉粉，再淋上椰奶和棕榈糖浆，冰刨得如雪花一样细腻和绵软，和糖浆一起入口即化，当然对我来说还不够，还要让老板浇上一层新鲜榴梿酱，把对榴梿忠贞的爱贯彻到底。

每次转机途经吉隆坡的时候，都忍不住要在两张机票之间多留一天，就算只有十多个小时，也愿意风尘仆仆地坐上两小时的单程大巴，去马六甲吃几粒令人魂牵梦绕的榴梿泡芙。一次次去，一年又一年，味道竟没有丝毫变化，只是多了几种口味，红毛榴梿味的、酸奶味的，但都抵不过榴梿原味的销魂。

马六甲鸡场街上的榴梿泡芙店是家族经营，最近一次去，发现换成一位年轻小哥打理，除了泡芙，也兼卖手信和土特产。仗着是一而再再而三到访的熟客，有时买了一盒后，吃掉两粒，我就把剩下的泡芙寄存在店铺冰箱里，自己跑到街对面的地理学家咖啡馆写稿，等离开时再去取。小哥会用带点台湾腔的语调跟我话别："欢迎再来噢。"

那是肯定的。

最好吃的一碗羊肉面 ⧖

常常有人问我这样一个很难回答的问题："你印象最深的美食是什么？"大脑可能无法在几秒钟之内反射出答案，又想了几秒钟，觉得这应该是一个开放性答案，没有排名先后。在我的经验里，最好吃的体验一定不只关乎食物，必定有一些其他的调料，如饥饿、放松、惊喜、被温柔对待。

如果以新疆为例，那么我认为最好吃的应该是喀纳斯大山里的一碗羊肉面。

严格来说，喀纳斯旅行的好季节也就是六到九月份，十月一过就要下雪封山。我们三人雇了两匹马，加上带路的小马。小马年纪不大，长得秀气又有着哈萨克族男孩那种健康的英俊，很单纯的那种若觉得你好就会对你好的性子，一路上教我骑马，把自己的军大

三 喀纳斯禾木村

衣借我穿，只剩件短袖也毫不在意。在这种环境中，人很自然就会对最能保护自己的那个人产生依赖。难怪，不少来玩的姑娘嫁给了哈萨克族的小伙，不是没有道理。

骑马进入大山，则是另一个世界了，断了通信，没有地图和道路可言，唯一能依赖的就是土生土长熟悉地形的导游。骑马这件事，如果只是体验的话还挺有趣，真要作为代步工具，一天骑上八小时你试试。嗯，就是这么连续骑了三天，屁股都磨烂，感觉把一辈子的马都骑完了。

但骑马的艰辛还是小事，可怕的是三天都在没有任何现代设施的山里，哪由得你渴了就楼下便利店买瓶水，饿了就打个电话叫外卖呢。大山里，唯有靠天、靠经验、靠常识生存。

那是进入山区还不久，有着绿松石颜色的河边，有一栋当地哈萨克族人的小木屋，我们把马拴在树下休息。屋里热热闹闹的仿佛有一大家子人，走出一位老人，跟小马打招呼，大意是今天刚宰了头羊，煮了锅羊肉，过来一起吃吧。

小马老不乐意了："我要吃泡面。"顺手就拿出一包康师傅红烧牛肉面。

那一刻我就像无可奈何的家长，明明给小孩做了一桌好菜却非要去吃KFC,那种恨铁不成钢的心情,心想:"你不吃可以给我吃啊,闻着好香啊!"

或许对小马来说,羊肉面不过是最家常的、吃了十几年天天吃的东西,不如一包放了各种调料的泡面来得有滋味。

幸好老人比较执拗,执意端了一碗出来,小马一脸不高兴想推辞,我赶紧眼疾手快地接过来,给了他个眼色示意"我来吃"。这是一碗简单的羊肉面,面是一位哈萨克族妇女手擀的。哈萨克族妇女似乎个个都熟练得有大厨水准,前几分钟还是一个面团,马上就成了一碗面条;羊肉只是放盐煮而已,那种带点柴火的香气是有出处的,只要放眼四周满山遍野的草原,再使劲呼吸两下清澈无比的空气,自然就明白了。

新鲜、接近产地、无多余加工,似乎就是新疆美食的一大标签。小马教我在马背上边骑行边摘松果吃,像只松鼠一样,边掰松果边嗑松子,有水分和松香,更像是一种鲜核桃般的果味。黑湖旁的哈萨克族牧民毡房外,架子上晒着自制的奶酪干,甚至还有刚挤出来的鲜牛奶和骆驼奶。沿路的歇脚处都有奶茶卖,烧好的茶直接装在热水瓶里,然后冲入鲜奶,加入酥油,一碗奶茶瞬间呈现。

葡萄直接从树上摘下来就塞进嘴了。最好的还是树上自然风干的葡萄,每一颗的风干程度都不同,风干不完全的口感软扑扑的,还带着一股淡淡的酒味，风干完全的就很清甜，跟市集上卖的葡萄干完全不同。

越简单的美味就是这样越能让人铭记于心。

喀纳斯牧民家的羊肉面 ⧖

牧民家晒的奶酪 ⧖

喀纳斯山中的小木屋 ⧖

在牧民家休息的小马 ⧖

小馆子里才有
最美味的英吉拉 ⌛

去非洲，不仅对美食没抱任何期待，甚至带着一丝恐惧。但从小到大，怀的都是一颗天不怕地不怕的路边摊之心。生来肠胃好，没受过吃坏肚子之苦，总觉得坐在路边小板凳上进食，或将食物捧在手里边走边吃，也是享受食物的一种美好形式。

第一站是坦桑尼亚，吃得并不差，从正宗印度馆子到卖天妇罗的泰国菜馆，再到五星级酒店又贵又难吃的牛排，这个价格都够吃一顿上好的怀石料理了。一个感想：不接地气。

桑岛（坦桑尼亚度假胜地桑给巴尔岛的简称）海边的酒店露天餐厅，吹着海风，一身白衣的土著侍者彬彬有礼，就是低头一看盘中餐，兴致大减，白白浪费大好月色，还不如去吃夜市大排档。到肯尼亚忙着看动物，又被人带着去中餐馆解决伙食，也没顾上好好吃。

直到埃塞俄比亚，消费低，每天又无所事事，终于有机会东荡西逛随心所欲吃吃喝喝。

埃塞俄比亚和肯尼亚、坦桑尼亚很不同，它可以算是非洲唯一没有被殖民过的国家，使用自己的传统文字，有传统的美食，而且这美食是实实在在的一日三餐——Injera（英吉拉）。

Injera 毫无疑问是埃塞俄比亚的国民食物，乍看是一张蜂窝状的灰白色大薄饼，用当地特产的苔麸（Teff）和面粉混合发酵后制成，因此会略带一股馊掉的酸味，摸上去还有一种奇特的海绵质感。这东西能塞进嘴里当食物吃？没想到口感却意外的温柔。吃的时候，最好是四五人一起，在多孔的面饼上放豆子酱、碎牛羊肉酱或蔬菜，这种酱料类似于江南人吃面时的"浇头"，总之什么都可以放，奢俭由人。我在当地特蕾莎修女之家做义工时，喂给小孩们的午餐也是 Injera，只不过为了方便进食，事先切成了碎碎。

混在埃塞俄比亚首都亚的斯亚贝巴的日子，几乎每天都逃不开吃 Injera，没得选。但这个东西呢，我倒是抱着"没尝过的都想试"的积极态度。这种时候，就缺一名带领我前去尝试的使者。很快，使者降临了，在博物馆看露西的头骨时，偶遇了 James，他是华裔加拿大人，生于香港，已经来埃塞做生意八年，算得上半个地头蛇。他乡遇故知，便说带我去他的私藏餐馆，品尝全城最棒的全素 Injera。

餐厅藏在小巷深处的简易棚里，没有招牌，脚下是坑坑洼洼的泥地，灯光幽暗，走进去我就有种预感：果然是来对地方了，而且是自己不可能找到的神店。老板熟稔地同 James 打招呼，无须点单，直接就上来三张大面饼和十几种配料小菜，包括咖喱、土豆泥、蛋黄酱、豆酱以及当地特有的蔬菜，按不同分量均匀地摊在饼上，一小坨一小坨的，色彩艳丽，赏心悦目，给人一种很丰盛的感觉。

James 向我示范了吃 Injera 的礼仪，只能用右手，先撕下一小块面饼，然后用它裹上自己喜欢的配料，再一口放到嘴里。需要注意的是于千万不能碰到嘴巴，因为这是大家一起分享的食物，否则会被认为不干净。实际操作起来还真不容易，为了不碰到嘴巴，只能在靠近嘴唇时一把将其丢进去。万一面饼卷大了，可能就会造成酱料撒一脸的尴尬局面。

翌日，我又被旅舍前台的小哥 Doni 带到更高档一点的 Injera 餐馆，像个大型剧场，得正儿八经地架两个小锅，煮着一盘黑乎乎但味道绝赞的蔬菜羊肉，再要一壶当地叫 Yellow Wine（黄色葡萄酒）的蜂蜜酒来配，黄澄澄的浑浊色，喝上去甜丝丝却后劲十足。正当酒足饭饱晕晕乎乎之际，穿传统服饰的姑娘会拿着银质水壶过来给你洗手，送上一个埃塞美人特有的甜美微笑。

可还是觉得，手抓 Injera 这种吃法，就该在接地气的小餐馆里，一手的油，坐在晃晃的塑料椅子上进行，像地下工作者在交流情报而吃相全无。唯此，才能在这片原始的土地上，回归同食物最原始的连接方式。

朴素版的 Injera ⌛

高级餐厅的羊肉奶酪 Injera ⌛

来到阿拉比卡咖啡的原乡 ⧗

埃塞俄比亚作为咖啡的发源地，出产质量上乘的阿拉比卡咖啡豆。传说最早在卡法（Kaffa）地区，有位牧羊人在放羊时，发现他的羊吃了某种红色果实会变得特别兴奋，又跑又跳，于是他将这果实摘下分给周边的人吃，后来大家慢慢就将此称为咖啡。咖啡就是从 Kaffa 这个词演变过来的。

如今走在亚的斯亚贝巴街头，满目都是庶民风情洋溢的咖啡摊和 café，咖啡摊往往只有一个炉子几只杯子放在路边，极其简陋；café 则是较为洋气的门店，但大多也没有明亮干净的落地玻璃窗，人们端着杯子，在半露天的卡座上看街景，里面昏暗喧闹，如上个世纪的老茶馆。这场景似乎让人回到了越南的咖啡馆，矮矮的塑料小桌子前，早上一份报纸，等着滴漏咖啡混入浓浓的炼乳，就这样消磨掉一上午，完全不把浪费时间当回事。

无咖啡不欢的我和当地人一样，必须有一杯咖啡，才觉得一天正式开始了。而到了埃塞，这个数量可以从"一"升至"三"或以上，反正饭可以不吃，但咖啡绝对不能不喝。旅舍前台的小哥 Doni 告诉我，埃塞人一天起码喝三次咖啡，名字不同，分别为"Abol、Tona、Bereka"，到朋友家去做客，对方就会问你，"该喝哪一杯了啊？"家家户户都备有咖啡壶和炭炉，一杯咖啡，就像我们泡一杯热茶给客人那么自然。

到埃塞第一天，就在大圣堂附近遇到了漂亮姑娘的咖啡摊，说实话，一开始我是被姑娘的美貌而非咖啡香吸引过去的。来到非洲大半个月，第一次见到令人惊艳的黑美人，难怪说埃塞盛产美女。她的肤色偏棕小麦色，脸蛋窄窄的，鼻梁高挺，眉毛和眼睛配合成漂亮的弧线，下巴和左脸颊有淡淡的花瓣文身痕迹，裹着条纹披肩，印花窄腿裤，身材微微丰腴，头发随意绾在后面。脚下是咖啡壶，一大一小两个炭炉，一大盘炒好的咖啡豆，就这样坐在临街的小板凳上，浅浅笑着，任谁都会忍不住停下来。

"多少钱一杯？"我问。

姑娘显然被外国人的光顾给吓坏了，笑得花枝乱颤不知该怎么回答。这样一种曼妙的"蛇蝎美人"长相，笑起来却意外朴素，像某种可爱的小动物。她只会一点点英文，伸出四个手指头告诉我，"四个 Bir（埃塞俄比亚货币单位比尔），一杯。"

相当于一块多人民币，"来一杯吧！"我指指旁边的塑料椅子，"可以坐这儿喝吗？"

姑娘点头，手忙脚乱地准备起来。她往黏土制的黑色咖啡壶里倒入水，放到炉子上煮，不一会儿就冒出咕噜咕噜的声音，再加入咖啡粉煮开，等粉末沉淀到壶底就完成了。姑娘将散发着浓香的褐色液体注入白瓷小杯，又加了好几勺糖，撒入几片类似含羞草样的绿色叶子。这种植物叫作 Tena Adam，是当地专用来泡在咖啡里增添风味的香料。

我属于非常怕烫的"猫舌"体质，边吹气边小口喝着。姑娘在一旁生起小炭炉，继续炒制淡绿色的生咖啡豆，眼看着它们颜色一点点转暗，我才突然领悟过来，这不就是常说的"烘焙"的步骤吗？姑娘把炒完的咖啡豆倒进石头钵里，用杵把咖啡豆舂碎，这褐色的粉末立刻散发出一股奇妙的香气。我朝她笑笑，表示咖啡很美味，顺便问，"明天几点开门？"

"一点开门。"姑娘毫不犹豫地回答。

用常识想了下，总不可能是半夜一点吧，可现在才中午十二点，也不会是下午一点开门啊？

这才想起来，埃塞有它自己的一套时间计算方式，以早上六点作为零基准，一点就是早上七点。

之后几天，我几乎每天都在街上乱转，尝遍各路小摊和 café 店，

埃塞俄比亚的美女咖啡摊

试图寻找一杯更完美的咖啡，但总会去一次姑娘的店，熟了之后知道她叫 Banchka，和一对年轻情侣合租了这间小棚屋，一个月租金是一千二百 Bir（四百元人民币）。

小情侣在铺子里放了一台电脑，一个小小的打印机，戴眼镜的

瘦瘦的女孩负责给人做做文档打打字，男孩有别的工作，但也总能在店里遇到他，穿着干净的牛仔裤蓝 T 恤，英文很好，基本上由他充当我和 Banchka 之间的翻译。

而我，也从第一天的一杯咖啡，变成了之后的二杯、三杯，到三杯咖啡再加生姜红茶一杯，几乎一个下午都泡在那儿，来往的附近居民都认得我了，偶尔有抱小孩的妇女过来串门，我也会请她喝一杯；还有竹竿儿一样消瘦的卖唱少年，看起来像 Banchka 追求者的秃头中年男子，眼神涣散的失意女大学生，戴着金表非要请我喝咖啡的西装大叔，我们一起度过了温暖的午后咖啡时光。

不同于已经制式化的意式咖啡，或是炼乳味太浓厚的越南咖啡，埃塞的咖啡仍旧保持着那份最初的纯真，你甚至可以连糖和香料叶子都不加，只是啜饮那淬炼的本真味道。几千公里外那些小资情调的、连锁摩登的咖啡馆，能给客人营造一个可以优雅喝咖啡的环境，却大多不能提供一杯具备基本质量的咖啡。

而此刻，我却觉得内心与"咖啡"这个东西如此接近，甚至可以从舌尖的触感还原到最初那红色的浆果，大片大片的咖啡园，粗犷的神秘的，以及咖啡这种提神饮品带来的新的感受——惬意。在埃塞俄比亚，Banchka 的咖啡摊，是我唯一觉得安心、舒服，可以放松下来喘口气的地方。

后来每一天见到 Banchka，她都会换完全不同的造型，非洲辫、红 T 恤加牛仔裤，或是马尾、低胸雪纺外裙加靴子，一看到我出现，不用言语，就径直给我煮起咖啡来。贪心如我，临走前问，"能买一点咖啡粉么？要你自己磨的。"

Banchka 迟疑了一下，但还是把她磨好的一小袋咖啡粉拿出来。"多少钱可以卖给我？一百 Bir（折合三十元人民币）怎么样？"我存心想给一个相比当地物价高点的价格。她连连摇手，想了半天，说六十 Bir 吧。

面对我这个好奇心太大问题不断的客人，Banchka 还专门演示了做咖啡的一整套流程给我看，还拿出她去教堂祷告时用的白纱，披在头上做装饰，笑靥如花，生活就同她的美貌一样，显得如此圆满、明媚、百毒不侵。我们合了影，拥抱告别，她那种令人难以忘怀的美丽留在我的相片上，离开非洲那么久了，还会暗暗想起，希望那个秃头中年男子没有把她追到手才好。

离开埃塞的时候，行李包里塞满了在 Tomoca（当地一家品牌咖啡馆）买的咖啡粉，不知出于什么预感，把从 Banchka 那得来的珍贵的一小袋，放到了随身小包里。当在开罗机场被告知行李包再度遗失时，第一反应是幸好，漂亮姑娘手磨的那袋咖啡粉被幸运地留下了。

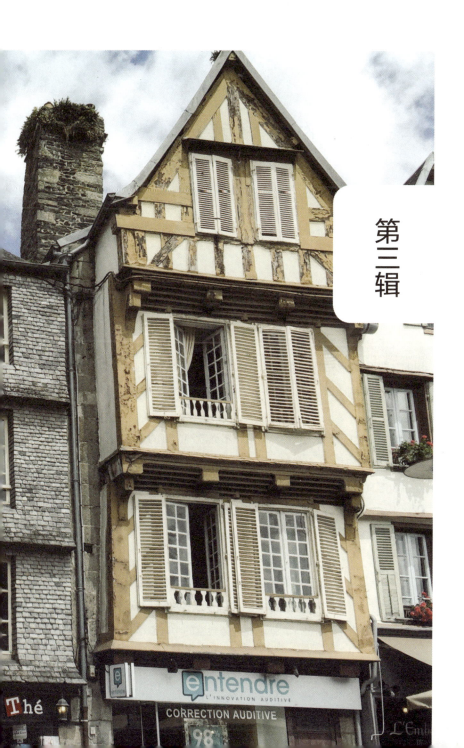

第三辑

关于柏林的三个短篇 ⧗

　　应该没有地方会像柏林那样，如此新又兼具历史感。尽管来这里的主要目的是参加当地朋友的一场婚礼，也没对食物抱太大期望，但作为精品咖啡机的一大出产地，对德国的咖啡倒是有小小期待。

　　然而到达的那天，真的给我这种不懂欧洲节奏的人当头一棒。漫长白昼给人时间还早的假象，我们住在查理检查站附近，走出去是崭新笔直宽广的购物街区，到处是设计冷硬的现代建筑，包豪斯风格十足，笔直却没有人味，如果大都市发展需要以牺牲市井生活和乐趣为代价，那么这牺牲未免也太大了。

　　一不小心就走到了地标勃兰登堡门前，饿得头昏眼花的我根本就看不到这扇门，只顾着搜寻哪里有吃的，路边零星开着的不是奇怪的卖天妇罗的泰国餐厅，就是靠勤劳致富的中国酒楼，或者一看就不是让你正经吃饭的酒吧。问题是，数量简直少得可怜，超市也全部关门了，去买个三明治填饱肚子的念头也只好打消。

最后的结果是，我们又走回酒店附近吃了麦当劳，晚上十一点唯一还没有关门的至少心里有底的快餐厅。回去后马上在网上订了间米其林餐厅，一个逼得我刚到就要吃麦当劳的城市，必须在临走前扬眉吐气一下！

柏林墙

柏林规整有序的街道

德国式婚礼

第一次参加欧洲朋友的婚礼，被"仪式会场""party 会场"搞得晕头转向，到最后还是找错了地方，疑惑地在一扇布满灰尘和涂鸦的大门前狂敲，邻居们也帮着按门铃，最后出来一个穿着内衣睡眼惺忪的女子，"啊，太早了吧，party 六个小时以后开始。"赶紧狂奔去另一处会场，但我心里想的都是，咦，在这个废弃老屋一样的地方吃饭和 party？要是放我们那儿，饭店门口早就张灯结彩、挂出新人的名字和照片了，巴不得全天下都知道今天是两人的好日子。

总算在开始前赶到仪式会场，先听牧师用德语花一个多小时介绍新娘新郎各自的人生经历和相遇过程，然后是简单的鸡尾酒会。新人包了辆双层观光巴士，带一众亲友游览柏林，之后去公园合影留念，最后才把大家拉到 party 会场。

众人送上礼物或礼金，礼金不是强制性的，有趣的是新人做了个人主页，把他们去美国度蜜月的开支列成很多小项目，比如 晚酒店、一张机票、海上冲浪、海鲜大餐，等等，分别有不同金额，来宾可以自己选择一项支持，有点众筹的意思，但看起来也没有钱来钱往的俗气，我们支持了"拉斯维加斯赌资"一项，希望别把钱输光就好。

Party 会场所在的废弃屋子原来有三重门，据说在以前最外面临街是住富人，后面是住穷人，最里面是住手工艺人，现在的宴会厅是十九世纪的铁匠屋子改造的。果然，进去后里面一派浓厚的复古气息，还带有花花草草植满的小清新庭院，音乐响起，桌上摆满了甜品、水果和小吃，吧台前的小哥忙着倒酒做咖啡，二楼有个小阳台可以 Live 演出（现场演出）。德国人真会玩，或许前一天晚上我看到的精致萧条的大街是做给外人看的，他们自己人都躲在这种

三 婚宴现场（阉夫塔摄）

神不知鬼不觉的地方嗨呢。

　　漫长的下午茶，望穿秋水终于等来晚宴。这里的婚宴是套餐制，新人和每位客人提前确认过菜单的选择，主菜分素食和肉类两种版本，我和潘先生各挑了一种，入席后发现桌前还放着一盆贴有客人名字标签的多肉植物，只可惜带不走了。

婚宴前菜水果蔬菜沙拉　⧗

　　前菜是水果蔬菜沙拉，包括草莓、桑葚、蓝莓、松子和各种绿色"草"，黑醋调味好开胃哪，接着上来无花果和生火腿，淡口的奶酪的调度恰到好处。烛光摇曳的宴会厅里，侍者一次次地来加酒加水，三番五次后，主菜总算姗姗来迟。看起来黑乎乎一盘，主菜的肉食版本是牛肉，配以酱烤茄子和番茄酱汁，主菜的素食版本则换成了外形相似的豆制品，给人一种仿荤素菜的感觉。一如德国菜浓厚的风味，连酸都是酸得一板一眼，咸也咸得有模有样，不会在舌尖拐弯。

⧗　婚宴第二道菜无花果火腿奶酪

咖啡馆 Pro Macchina Da Caffe

酒过三巡，寒暄道别后离开。才晚上十一点，外面的街道已是一片死寂，是那种你在路上裸奔也没有半个人脸会探出来张望的死寂。回头望了一眼，舞会正要开始，音乐声被厚厚的墙壁隔绝了，感受不到一丝痕迹，只要自己人高兴就好，多低调的幸福。

柏林的咖啡馆

对这样一个咖啡机制造强国，去哪里喝咖啡竟全然摸不着门道。幸好想起来 %Arabica 的山口小哥之前曾在柏林喝过，半夜翻出他的 Instgram，找到一年前他标注过的几家咖啡馆。所幸虽然是众多超市和餐厅都休业的周日，咖啡馆倒是开得红红火火，毕竟是生活必需品嘛，每天总要来上那么一杯。

去的咖啡馆叫 Pro Macchina Da Caffe，点完单后选了临街的位置坐下来晒太阳。冷泡是事先做好的，装在威士忌酒瓶子模样的容器里，中规中矩。卡布奇诺很惊艳，仅二点四欧，坐一趟单程地铁的价格。

北京上海虽然不乏同样品质的咖啡，但价格却几乎是翻倍的，跟三四元的地铁票价更无法相比，咖啡无可厚非地被精品化了，每种单品咖啡必被安上一堆"红酒、柑橘、巧克力"风味，什么"明

咖啡馆 Pro Macchina Da Caffe 的冷泡咖啡 ⏳

亮的果酸""活泼的酸度",我是个俗人,跑到这种必须像品红酒一样品咖啡的店里总是压力山大,你需要太多的知识储备,才不至于像一个可笑的外行人。

而欧洲的咖啡馆却简单得多,阳光灿烂的午后,大多数咖啡馆阴凉的室内空空荡荡,外面阳伞下一定是挤得满满当当,咖啡并非是你用来证明自己品味的标志,普普通通的豆子萃取物而已,如此平等。喝完不甘心就这么离开,走出两百米后发现另一间咖啡馆"The Barn",同样点卡布奇诺,但味道稍逊,或许这一天的咖啡已喝到饱和，不能再如此贪婪了。

夏日的优雅小清新

临走那天是周一，总算所有的餐厅和超市都有序运转起来。就这么离开自然不服气，在到达的第一天就订下住处不远的 Facil——

咖啡馆 The Barn 的卡布奇诺

米其林二星餐厅，没做特别了解，只是觉得主页上食物照片看起来清清爽爽地对胃口，至少不会给我上来一整只猪肘子。

工作日午餐时间客人不多，几乎都是约会的异性。西餐厅的格局总是看起来太郑重，适合两人或多人就餐。难怪后来 Joël Robuchon 等一行厨师开创日法结合的先锋，弄出了 L'Atelier，即有吧台格局和开放式厨房的法餐厅，帮助孤独的美食家们消解了一人就餐的尴尬。

Facil 前菜芦笋醋泡菜

　　我的前菜好夏天，两根白芦笋被绿芦笋的薄切面裹在一起，加上两片大黄（Rhubarb，一种带有药味的香草，外表像红色的芹菜，欧洲比较常见）的Pickles（醋泡菜）。潘先生则选了腌鲑鱼和鱼子，外加炸鱼皮，又是把同一系列食材玩不同花样，鲑鱼荤腥组呼应着我的芦笋清新组，"喂，到底谁比较好吃啊？"作为前菜，鲑鱼和鱼子还是口味偏重了点。

⧖ Facil 前菜鲑鱼和鱼子

前一晚研究菜单时对"乡村猪颈肉"产生了兴趣，带着不挑食的男伴就是好，自作主张给潘先生点了这一道。看起来浓油赤酱的猪肉被切成三角形，和豌豆、香草、生菜形成鲜明对比。也是，一大块猪颈肉不用小清新来压一下，看起来就大老粗了。

　　我自己嘛，则看中了"摇滚章鱼"，Rock Octopus，论取菜名的重要性，这名字让人一看就想点啊。盘子非常美，跟章鱼张牙舞爪的意向吻合，煎过的洋蓟配上章鱼和番茄很好吃，一不小心这道菜就被我解读成了"摇滚洋蓟"，章鱼尽管在量上占绝对优势，风味上却蛮没有存在感的，总觉得哪里有点不对劲。

　　对了，章鱼就是不适合拿来当主菜的食材嘛！

⌛ Facil 乡村猪颈肉

Facil 的甜品　⧗

意外的是，这一趟欧洲行最惊艳的甜品竟然是在 Facil 遇到。挑了一款食材里有 Yuzu（日语ゆず，指日本香橙）的，应该大方向不会错，侍者端上来时心里忍不住直呼好美：树莓和酸模叶加上金箔，本来大红大绿又配金色是最俗气的组合，偏偏两片紫红糖霜呼应了酸模叶同色系的茎，加之 Yuzu 果酱的浅黄、西柚酱的淡橘红色，牛油果色的积雪草味冰激凌，和谐地串起了所有色调，穿金戴银而不艳俗，的确不容易。

冰激凌舀开后里面是大黄和鲜树莓果肉，酸甜中带一点药味，甜度恰到好处，很有德国人规规矩矩却能把握好最佳用度的风格。一款完美的甜品，真是让一顿饭瞬间多出好几个满足点。

赠送的小甜点是蓝莓糕点和紫苏味冰激凌。说实话有点惊讶这两种冰激凌的口味，积雪草冰激凌和紫苏冰激凌，非常不按常理出牌，使用小众食材还是需要冒一点风险的。香草、巧克力冰激凌或许可以取悦大多数人，但平庸而大众的东西终究无法脱颖而出。

真好，离开德国前的最后一顿饭是合心意的，而关于柏林的三个短篇也终于在飞往荷兰的航班上再冉睡去。

人均米其林最密集的小镇，
因为音乐记住了它

圣塞巴斯蒂安(San Sebastián)，这个绕口的名字花了我整整大半月才记清楚。曾跟去过几次西班牙却不太爱好吃的朋友聊天，人家一头雾水，"这个圣塞什么的地方，你要去干吗？"在知道它的背景之前，我也是这么想的。

一个人口不过十几万的玲珑海边小城，是西班牙人心中的最佳度假胜地。早在十九世纪，摄政女王 María Cristina 每年夏天都会到这里来避暑，贵族上流人士纷纷选在海边买豪宅。海滨是著名的贝壳白沙滩，紧邻比斯开湾，有着弧线优美的海岸线，海水则由象牙白渐变到浅蓝、天蓝和深蓝色，一边山头高竖着俯瞰海湾的耶稣圣心雕像。即使对戏水晒太阳等活动不感冒，也可以坐在半圆形伸入海中的露台上看一场绝美日落。

若能边欣赏美景边享用美食，就更完美啦！很不幸，圣塞巴斯蒂安把两样都占了。作为世界上人均米其林最多的地方，这座小城云集了三间米其林三星、一间米其林二星、五间米其林一星餐厅。要知道，西班牙全国总共才六间三星，圣塞巴斯蒂安就占去了一半。

⌛ 老城巷子里的小餐馆

小餐馆外面休息的厨师 ⧗

　　圣塞巴斯蒂安临海靠山，海鲜和农产品极为丰富，具备一切天时地利的条件，而美食是有潮汐引力的，好餐厅容易在某一处扎堆出现。拥有一百多年历史的 Arzak 餐厅正是小城美食的领军者，一九八九年被授予米其林三星的最高荣誉。

　　暂时与潘先生分开，独自前往西班牙。因行程安排得太晚，圣塞巴斯蒂安的 Arzak 早就预订爆满，于是订了坐落于老城中心教堂边的一星餐厅 Kokotxa。欧洲不少米其林餐厅都位于驾车才能抵达的深山老林，像我这样的背包客，选择餐厅主要看两点：位置靠近市中心，有价格合适的当季套餐。

离午餐还有一段时间，就在圣塞巴斯蒂安窄窄的老城巷子里乱逛。每家小馆子门口都悬着一排威武的大火腿，更壮观的是，拥进拥出的客人快把餐厅门框都挤爆了，店外也站满围着小桌吃东西的人，年轻小夫妇甚至推着婴儿车在门口排队。我有点不敢相信自己

米其林一星餐厅 Kokotxa

Kokotxa 餐厅内

的眼睛，吃个 Tapas（西班牙餐前小吃）至于么？究竟是什么样的美食会让食客如此疯狂？但真的是太棒了，家家店都是一副"不好吃你找我算账"的姿态。

　　我挤进一家馆子凑了下热闹，手机几乎要高举过头顶才能拍照，也根本没有人注意到我的存在，店里乱成一锅粥，完全分不清侍者客人，转了一圈后才好不容易挤出来，差点连眼镜都挤掉了。发现门口有位穿着厨师服的大叔靠着墙壁在抽烟，一脸疲惫，喂，客人你们把厨师都挤出来了这样真的好吗？

到这一刻我还有些看不懂西班牙，哪里都闹哄哄的，每位食客都鸡血爆棚的样子，人不像我之前看到的欧洲了吧，所以西班牙的米其林餐厅该会是一副什么模样呢？

来到 Kokotxa，选了当季的市场套餐（Market Menu）。随菜一起上的还有一张小纸条，写着 Wi-Fi 密码，细心的女招待，一定瞄到了我手机停留在设置的无线局域网界面上。

先上来开胃爽口的西班牙冷冻汤（Gazpacho），作为安达卢西亚最经典的菜式，它上得了高级餐厅，也下得了家庭料理。到了高级餐厅才重新感受到冷冻汤的妙处，不过是西红柿、洋葱、青椒、大蒜和黄瓜的组合，再加一点橄榄油，却如同天赋异禀的诗人，将几个简单的词一组合，就成了美妙的诗句。它的酸味里带着一点小清新，搭配脆脆的白虾芝士 Tapas，像既温顺又乖张的少女。

接着是红吞拿鱼，配上西瓜和樱桃酱，摆盘很诗意田园，鱼肉和水果搭配起来味道更是洛丽塔。

意大利墨鱼馅饺子意境十足，清汤提炼自墨鱼的汁水，撒火腿肉松使层次更加丰富，绿色银香菊的香气很特别。饺子底下别出心裁地垫了玉米碎，刚好用它的忠厚老实来压一压快飞起来的鱼肉鲜味，各自都平衡了一点点，不过味道稍咸。

Kokotxa 红吞拿鱼配西瓜 ⏳

主菜分别是一道海鲜和一道肉，足见依山靠海的西班牙风情。海鲈鱼肉烤得恰到好处，酱汁做成啫喱状，海藻和红虾以出其不意的形态入味其中，香草很有趣，摆盘也简洁大方。

而肉菜上桌时才反应过来是猪肉，居然忘记提醒餐厅猪肉忌口了！伊比利亚猪肉果然走起了国际融合风，韩式辣酱加澳大利亚坚果碎，热烈中又有点调皮。只是我很努力很努力，花了半个小时才解决掉冰山一角。

⧖ Kokotxa 主菜海藻鱼肉

一份酸甜浓郁的绵羊奶酪和苹果酸奶冰激凌收尾，平心而论甜品很普通。

离开圣塞巴斯蒂安的那天早晨，我拖着箱子经过城中心的善牧主教堂，想找一张长椅歇个脚，却听到前方有音乐声响起，款款大方的手风琴，加上浅吟的大提琴贝斯，女主唱穿着暗红底碎花裙，古铜色的皮肤，南美裔的脸孔瘦削但精致，几首欢快的西语歌之后，她说，下一首是中国老电影的主题曲。在那不太标准的中文发音里，猜出了是周璇的《疯狂世界》，二十世纪四十年代电影《渔家女》的插曲。她的嗓音沙涩低沉，充满性感的调调，让我这个来自中国的异乡人很想冲上去拥抱她。

也许这正是旅途中最惬意的时刻吧，刚好达到身心双重放松的舒适的点。邻座是一位秘鲁护工和她照顾的西班牙老太太。一曲完毕，我们交换眼神会心一笑，然后欢欣的掌声响起。

相比米其林，似乎这一首歌才是造访圣塞巴斯蒂安的最大收获呢。

教堂前正在演奏的乐队

咸咸的巴塞罗那，⌛
在午夜降临前抵达

抵达巴塞罗那已接近午夜，本想直接拖着行李去吃 Tickets——米其林一星的 Tapas 小馆。心想，不就是 Tapas 么，不用预订应该问题不大。

到门口后才发现人山人海，前台侍者是条活蹦乱跳的小鲜肉，眨巴着长长的眼睫毛，冲我坏坏地笑着，递过一张小纸片，"Sorry，今晚都满了，预约的话请于下午四点到六点之间拨打这个电话，提前两个月噢。"大概西班牙有条不成文的规矩，叫作"让你鄙视 Tapas 试试看"。

翌日，先在高迪的巴特拉之家和米拉之家接受了一番美与创造的洗礼，接着步行去不远的 Hisop——米其林一星的西班牙料理。

⧗　米拉之家的屋顶

　　前菜是被丢进柠檬杜松子酒的生牡蛎，有点惊喜，一口喝下牡蛎，像是活吞了这个城市挑逗的心脏。

　　鲑鱼子被墨鱼汁刷在盘子上，盖薄薄一层透明粉皮，如一幅立体的油画。鱼子并非特别上乘，毕竟不是吃海鲜饭，爆裂感也就不追求了，除了稍咸一点，味道倒也不坏。

"Herbs Omelet"——字面意思是香草煎蛋卷，大概只是用来形容外观。表面一层淡黄色酱汁，绿色的香草和一小块鱼肉浮在上面。酱汁覆盖住了下面的面包粒、腌制番茄和奶酪等东西。

下一道很好玩，用腌制过的牛肉薄片，配以泰国料理常用的水茄，还有暗灰色冰激凌和蛋黄酱。好奇这个颜色的冰激凌口味，唤来侍者小哥，"冰激凌是什么口味呢？"

"Eggplant。"

"什么？茄子？"我没听错吧，又确认了一遍，果然是茄子，那个紫色的蔬菜茄子。别出心裁的尝试一般分特别成功和不怎么合适两个极端，茄子味冰激凌配牛肉则属于前者。要把一款腌牛肉做出夏日清新感本来就不容易，果味的冰激凌又不搭调，用茄子就很传神。

接下来是主菜之一的"是日鱼肉"，石鲈鱼配鸡油菌和夏季白松露。其实除了秋冬收获的松露君，夏季也长有一拨黑松露白松露，只不过香气和味道上会有区别。当时刚好七月底，别无选择。

戴着白手套的侍者唰唰擦下白松露，给这道鱼做上桌前最后的变身，量刚刚好。奢侈的调味品会考验人性，假使不差钱买一箩筐松露来炒成一盘，那也是糟蹋。一定不能贪婪，一点点碎屑才能点石成金。

关于松露究竟怎么个美味法，也许一千人眼里有一千个哈姆雷特，当我们企图说一样食物"像××的味道"时，或许就已经让它失去了最重要的部分。松露就是这么一种东西，不像任何食材或混合的味道，就只是它自己而已。人们对它的迷恋正是那种不可言喻，不是么？

今天走了心，进门就告诉侍者忌口，希望换掉那道"Pork Jowls（猪脸颊）"。结果又是鱼，今天的第三道鱼肉，没想到底下配了苦咸苦咸的茶味汤，能用叉子捞出许多颜色各异的小胡萝卜，有点像寻宝。一直觉得西方人做鱼类，跟东方人在理解上有本质的偏差，鱼肉永远是方方正正的一小块，尤其在高级馆子里，休想看到能跟鱼本身产生联想的形状了。

你问面包呢？对哦，早在第三道就被我吃完了，侍者又上了一盘，没敢多吃，真不想自己看上去像饿了几天几夜的难民。

然后，最令人恐怖的东西来了——芝士拼盘。其实在日本神户的 Ca Sento 吃饭时，还是很开心地把一盘六甲山产的芝士配蜂蜜吃完了，但欧洲的芝士，怎么说呢，真是有点烈火灼心般的重口味，问题是这些芝士还要让我当甜品一样吃着玩儿！从右到左味道依次

鲑鱼子墨鱼汁　⧗

香草煎蛋配鱼肉　⧗

变得浓烈，山羊芝士、绵羊芝士、霉芝士；法国、加泰罗尼亚、意大利各种产地，最左的那一小块果酱是救命稻草。抱着"攻下每一个山头"的雄心壮志，一点点一点点地来，还是越来越难以下咽，因为喉咙都快被咸腻封住了。

边吃边开始拷问自己的灵魂，内心的小人一直在撕扯，"付了钱吃得这么痛苦究竟是图什么啊？要修行的话去印度啊。"

终于放弃了，喊来侍者，"吃完了。"人家不情不愿地端下一盘像被野猪拱了似的芝士残渣。如果一定要说有什么收获的话，那就是再一次确认了自己生而为人的局限性。

被芝士摧毁了自信心之后，蜜瓜味果冰显得无比美味，底下加了西红柿、生姜和一点点盐，甜味出现了复杂的层次，此刻我只希望这个果冰不是盘子中间的那一点点，而是整个盘子那么大就好了！

最后的咖啡倒是棒呆，配的小甜点也很用心，糖浆胡萝卜、蜂蜜青苹果薄荷和松露巧克力，均放置在冰镇过的石头上，尽管这一顿午餐就像过山车，吃得心里忽上忽下，咸得舌头七荤八素，只要收尾咖啡好喝，结束后还是会有一点开心的。

第二天去了巴塞罗那一间很火的海鲜饭馆子，叫 Portes7。开门前十分钟抵达，已有拖家带口的食客在门口张望了，有位老爷爷摘下老花眼镜，紧贴着门玻璃，做好了门一打开就提起两位小孙女往里面冲的准备。很快，我身后也聚集了一大拨不知哪里冒出来的食客，搞得我有点不知所措，"难道一不小心来到了一家所谓的网红店？"

橘色的百褶吊灯亮起，陆续有呼朋唤友的客人入内，整间餐厅燃起了那种无比欢乐的家庭氛围。点了一杯无酒精的 Sangria（一种西班牙式的水果调制鸡尾酒）和一份看起来硕大无比的西班牙海鲜饭。侍者替我往盘子里分海鲜饭，依旧是死咸死咸。

但如果有机会在巴塞罗那住一阵的话，我倒也不会拒绝。有着彩虹波浪形大顶棚的圣卡特纳市场，里面有数不清种类的火腿、橄榄、蔬果、海鲜和便宜好喝的鲜榨果汁，天天去逛也不厌烦。在咸咸的板鸭国，最好订一间带厨房的公寓，自己做饭才是正经事。

这里最大的好处是不论多晚也不用担心餐厅关门而吃不到饭，人们最喜欢在晚上闹腾了！有一天晚上十点，突然想起来还没有吃晚饭，夜雨蒙蒙中走进街角人声鼎沸的小馆子，要了一杯无酒精啤酒、一盘水煮青口和海瓜子、一份加西利亚风土豆，真是孤独的享受。

临走的早上，在主教堂前找了间 café 坐下来吃早餐，万年不变的可颂加咖啡，广播里居然传来了 Joan Baez 的 *Diamonds And Rust*，脑神经一震，几乎要哭出来。这首歌是二十世纪七十年代美国民谣女歌手琼·贝兹(Joan Baez)写给失去的爱人鲍勃·迪伦(Bob Dylen)的,我曾无数次在独自的火车旅行时循环播放。虽然在欧洲的食运有点差,但巴塞罗那还不坏哦。

　　大概因为如此,巴塞罗那成了欧洲唯一一个让我动过"可以小住一阵"念头的城市。高迪爱这里,伍迪·艾伦爱这里,我们都爱这里。

巴塞罗那周末的早晨　⧗

巴塞罗那圣卡特纳市场

人生中最寒酸的米其林 ⌛

　　飞机降落在阿姆斯特丹后，一出舱门，明显感到了高纬度与众不同的光谱颜色——随便一拍就拍出小清新糖水片的柔和光影。从火车站前往酒店的路上，要经过一大片草坪，连野花都开出了新姿势，居然还撞到一只褐色的野兔在旁若无人地吃草！

　　这哪里是以红灯区、大麻、性交易闻名的阿姆斯特丹嘛！但换过来想想，人家也有文艺的风车、木屐和郁金香，还是《雏菊》这部套着冷酷外衣的韩国电影的拍摄地。

　　这里有土特产气息浓厚的连锁芝士店，超多颜色种类可以试吃，但并不花哨俗气；有些无趣却有其存在必要性的纪念品和小吃店；密集的出了名的博物馆，凡·高黄金时期的两百多幅画作都珍藏于这座城市，还有人头攒动的"Sex Museum"（性博物馆）和"Red

Light Secret（红灯区的秘密博物馆）"。

然而在阿姆斯特丹，我却做了一件脸红羞愧无地自容的事。别想歪，不是去红灯区当橱窗女郎，只不过是穿成小田切让风去米其林餐厅却忘了带钱包而已。

准备和潘先生去米其林一星的 Bridges 那天早晨，又是刮风又是降温，天阴得快哭出来了，真想在酒店里窝个昏天暗地，挣扎着爬起来，想想至少没有上班痛苦。昏沉沉地把所有衣服叠加上，又套了件男士卫衣，搭车到市中心才发现没带钱包和信用卡，回去拿又赶不上吃饭时间，身上只有可怜巴巴几十欧元现金。

进退两难，于是拉过 Bridges 瘦高个子侍者来问，"你们这里可以用 Paypal（欧美地区比较常用的网上支付平台）么？可以直接报信用卡号么？"这时才深深怀念起国内一部手机出门就横行天下的便利哎。

侍者有点不解，我和潘先生也不敢吐露没带钱包的真相，要不然马上赶我们走怎么办，只好硬着头皮上了。掐着手指算来算去，把学生年代硕果仅存的那点儿心算都用上了，点了两个最便宜的午市套餐。

送的前菜，类似于 Tapas，每块长条形小饼上放着青鱼、红芜菁、

阿姆斯特丹中心广场

甜菜、洋葱牛油果酱，一口下去酸酸甜甜。

　　接着，侍者捧上来一尊大珊瑚，仔细一看，里面卡了蛤蜊、蛏子等贝壳，营造出鲜花烂漫中贝壳们撒欢儿的景象。心思还是花了些，每个蛤蜊上面都嵌着不同配料，有橙肉，有果酱，蛏子壳里则是松子、蒜粒、贝肉等。但形式感过强的后果是，味道搞不好就会被视觉光芒盖过。毕竟蛤蜊这种小贝类，很难从个体中吃出好来，一锅清酒煮蛤蜊、一盘紫苏辣炒花蛤，集体奉献生命的形式似乎更能凸显美味。

　　面包时间，继续遨游海底世界。一只贝壳里居然装着两颗硕大的"珍珠"，旁边围绕着一群白色的"小贝母"。"珍珠"其实是球形芝士裹上珍珠粉而成，"小贝母"则是蒜味山羊奶酪分割成的碎粒，连带面包也变得好吃起来了呢！

其实进门看到透明玻璃门上那对大海鱼时，隐隐就明白 Bridges 应该是主打鱼鲜料理的。第一道冷盘是甜菜鹅肝，加上生鱼肉剁碎后捏成圆饼做底，甜菜也切成了碎粒。

第二道热菜，淡黄色的胡萝卜，烤过的牛油果，半生蛋黄配牛油果酱，白身鱼肉配清淡的奶油，一口下去就知道是我的菜。浅绿带晕染的盘子非常北欧风的素净美，整道菜直接放进无印良品的咖啡厅也毫无违和感。这道菜我们一致很喜欢。

人生中最寒酸的米其林，连甜品都没有点，最后只要了咖啡。

前菜蛤蜊珊瑚　🏆

面包与珍珠样的芝士　🏆

☒ 头盘甜菜鹅肝

☒ 主菜牛油果白身鱼

心里做好了账单送上来如果钱不够我被抵押在餐厅的准备，胆战心惊地打开账单一看，还好和身上的现金差不多，只是服务生倒霉，抱歉给不了多少小费了。

整顿饭都在忐忑中度过，出门后大松一口气，和潘先生相视一笑，问他，"嘿嘿，想不想再吃份薯条？就知道你没吃饱。"然而身上的钱都不够买最小份的薯条了，只能先搭巴士回酒店取钱，幸亏手中还有张交通一日券，真是眼下的珍宝了。

根特，听说薯条和啤酒更配噢 ⧗

　　来到比利时根特后，曾在这里留学的潘先生带我搭车出去，为了吃一份他充满怀念、我充满憧憬的比利时薯条。

　　这份神物一样的薯条，早就在一路被洗脑了好久，灌输了各种"你之前吃到的薯条都不是薯条"的概念。对我来说，肯德基、麦当劳的汉堡和鸡翅受欢迎还好说，最难理解的是为什么套餐一定要搭配薯条和可乐，连备选组合都没有，何况薯条只有讨厌的番茄酱配。

　　对于薯条本身我并没有如此大的仇恨，讨厌的其实是"薯条＋番茄酱"这一固定组合。这里就好了，各式不同的酱才是主角！薯条相当于米饭，酱才是菜噢！

　　七月的根特傍晚依旧充满凉意，沿着空无一人的长街下坡，经过空无一人的大教堂广场，经过数家正在关门的薯条汉堡店，直到前方的转角处，突然扎堆出现了七八个人围在一个店门前。若在东南亚我可能会感叹生意好冷清，但在这空荡荡的根特街头，这场面看起来竟是热闹非凡。果然，大家都在等着买兄弟薯条。

传说中薯条起源于比利时，但为何在英语中却用 French Fries

根特市中心的糖果摊 ⌛

⌛ 根特的午后咖啡馆

来称呼薯条呢？可能涉及家家都想把这一项伟大发明据为己有的私
心吧。比利时人一定不服，但法国人可能也很冤枉。Anyway，看
现在谁做得好吃才是真较量。

　　尽管这一带薯条的配料已经花样百出，蛋黄酱、塔塔酱、蒜味酱、

番茄酱、咖喱番茄酱……数了数墙上的菜单差不多二十款，包括不知道什么鬼的 Chinese Sauce（中国酱）。潘先生强烈推荐 Royal Sauce（皇家酱），据说来兄弟薯条总得点一份皇家酱，否则就是外行了。

排了快二十分钟队，店员把薯条装进盒子再用一张大纸包好，然后递给我们。就近找了张长椅坐下，打开来，发现这款皇家酱原来是混合牛肉酱和咖喱蛋黄酱之后，再撒上满满的炸葱。香酥热乎的炸葱令大冷天里任何一样东西都焕发出光辉！

有了热薯条，还要冰饮料，如今洋快餐店的薯条千篇一律都是拿可乐来配，但可乐发明之前呢？啤酒咯。不爱喝碳酸饮料星人又在比利时长了新知识，满街大名鼎鼎的 Jupiler 啤酒配薯条，大概就是红极一时的"炸鸡啤酒"之比利时版本吧。

现在听潘先生说当年出发时是天寒地冻的二月，第一次出国，拖着两个大箱子，转飞机再转火车，一个人站在清冷的异国大街上，大冬天太容易滋生悲凉。但常与外人说的那部分却都是绝妙的体验，每月有奖学金拿，暑假和三两好友游历欧洲，去附近各国的朋友家小住，拍照、喝酒、结交各式人物，在一个月内刷完我可能需要五六年才能慢慢走完的国家数目。读书是次要的，不同文化和语言的碰撞，才是正经事。

后来两天，去了潘先生学生时代常常聚会的露天酒吧，买了一盒比利时 Leonidas 巧克力，逛了终于有点生活气息的星期五市场。无论哪个转角的 café，都坐满了毫无心事的人们，把阳光搅拌进咖啡里，就一块牛角面包。河边在忙着搭建根特节的舞台，似乎一切都没有改变。

就这样在我和潘先生开罗相遇两周年之后，我们终于互访了彼此留过学的城市——京都和根特。

大概是命运把我一路带到这里，从尼罗河畔的那一座古老城市开始。当一个人在十天之内带着你在开罗观看了山顶上恢宏的夕阳、尼罗河水中倒映的夕阳、老城区壮丽的夕阳、死人城屋顶凄美的夕阳、面朝地中海烂漫的夕阳，是不是必须要爱上他了呢？

是的，奇迹般的相遇，让我甘愿丢掉当时有迹可循的生活，去投入一场新的冒险。

那时的我不是没有想过，也许是异国旅途徒增的一段感情中的浪漫、珍稀，迷惑了自己的心智。"我也没想过我们能走多远，就是十天的恋人。"当时你说，"相聚有时。"

"后会无期，"我接了一句，"要有期么？"忍不住又加了一句反问。

"我希望后会有期。"

八个月后，我打包好所有行李，扔掉研究生录取通知书，离开
京都，用一张经由曼谷、孟买、迪拜、卡塔尔直至开罗的漫长机票

根特的兄弟薯条 ⧗

让后会终于成为有期。

如今站在根特街头，吃着薯条，喝着啤酒，才发现和这位当时说要骑白马来开罗机场接我的人，已经成了人生伴侣。

🖫　比利时薯条和啤酒

布列塔尼乡村里的另一个法国

不止一人对我说，欧洲是分裂的，巴黎那样的大都市是一个欧洲，而乡村和小镇又是另一个。离开了精神时刻紧绷的巴黎，坐上前往法国西部布列塔尼的火车，前往另一个法国，去看望一对老朋友。

坐在安静的车厢里，看窗外的风景变换，绿色的田野，低矮的灌木林，很快就到了要下车的小站——甘冈。

让－艾夫斯（Jean-Ives）和弗朗索瓦（Fransoise）夫妇已经在月台等候，两人六十出头，在风中一路小跑过来拥抱我们，行贴面礼。他们是潘先生在欧洲留学时结识的朋友，后来一直保持邮件联系，常常会寄一大包巧克力饼干之类的零食、日用品、T恤衫过来，里面附着一份手写的信，老太太最喜欢这样表达友爱。

火车站到他们家所在的小村庄还有二十分钟车程，或许根本不能称之为村庄，一共只住着三户人家，地图上甚至没有命名！

然而真正抵达这栋位于乡野中孤零零的房子时，我却一下子喜欢上了这里。门前是种着大树的高台，晒着满是阳光味道的碎花床单，屋子周围植满绣球花、小雏菊、玫瑰、三色堇……眼尖如我，立刻瞄到了熟透的树莓，盘算着找个机会去体验一把现摘现吃的爽快。

他俩依旧过着没有 Wi-Fi 的"纯净"生活，在需要时通过电子邮件跟我们联络，最近的镇子上只有一间杂货铺，更没有便捷的淘宝和快递，冷清是生活的全部主色调。两位老人自己动手，搭出了一个玻璃暖棚似的起居室，布列塔尼属于法国的苦寒之地，即使夏天，也需要晒晒太阳喝喝咖啡这样的消遣项目。

男主人让－艾夫斯在厨房做布朗宁蛋糕、烤洋葱馅饼，弗朗索瓦则手舞足蹈地用法语跟潘先生聊天，他们的英语非常有限，于是我只能故作优雅地在一旁含笑点头，耳朵里灌入的全是"帕呵芙呵"这样的音节，注意力却全在厨房热火朝天的那头。馋人大概都有这样的冲动，去到陌生国家的陌生人家里，对别的都不感兴趣，就想搬个小板凳驻扎在厨房里东摸摸西看看，研究主人怎么做家常料理。

跟所有的父辈一样，平日两个人过着有点孤清的生活，儿女分别住在其他城市，有两位中国来的小朋友做客，忙里忙外开心得不得了，尤其在这个前后不着店的村子，想去邻居家串门也只有左右两个选择，前提还得刚好是合得来的人。

太阳西斜，晚餐就在玻璃房子里进行，男主人让 – 艾夫斯开了一瓶红酒，"尝尝波尔多朋友送来的自酿酒。" 弗朗索瓦端上前菜，各式火腿和酸黄瓜拼盘，"干杯。"刚说完，窗外有一列奶牛缓缓踱步走过，长长地"哞"了一声。

让 – 艾夫斯在厨房烤蛋糕 ⧗

我从小就怕去别人家里吃饭，总有热心的阿姨不停夹菜，恨不得把菜碗扣在你饭上。推辞呢，人家认为是客气，搞得双方都心累。跟西方人在一起就很好，让－艾夫斯说得最溜的一句英文是"as you like" ——按你喜欢的来。既不会热情到让你无法拒绝，也不会自认好心地施加压力，尽管是年纪相差几十岁的长辈，却像关系平等的朋友。

餐后水果是附近村子产的有机草莓，咬了一口后就几乎要哭出来，有多久没吃到如此自然鲜甜的草莓了啊。像有机草莓一样，夫妇俩的日子也过得很有机，自酿苹果汁、自制杏子果酱，男主人兼任养蜂协会的主席，连蜂蜜都是自家养蜂采取。

征得他们同意后，我立马奔出屋子，奔到了那几棵果实累累的树莓面前，摩拳擦掌准备放题大餐，摘下果子直接吃是享用它们最美好的一种方式，带一点灰扑扑毛茸茸，但果实饱满，呈熟透了的暗红色，不像樱桃那样果汁四溢的甜美，而是有点意犹未尽的酸涩，但又并非醋栗那种酸掉牙的程度。背诵几十遍后，终于记住了之后会频繁在法国用到的单词：Framboise——树莓。

那一晚，吃下一大盘现摘的树莓后，我们在带有木头香气的房子里沉沉睡去。

莫尔莱小镇的海鲜可丽饼 ⧗

　　不知有多久没有被鸡鸣和鸟啼声叫醒了，让－艾夫斯和弗朗索瓦夫妇俩很有心地安排了周边二日游路线，弗朗索瓦捧着一本英法词典坐在副驾驶上，努力用零星的英文词语编出一句句子来。汽车驶过开满绣球花的乡间小道，驶入紧贴海岸线的高速公路，吹着凌厉的海风，去看花园城堡和玫瑰海岸。

　　布列塔尼十五世纪还是一个独立的小公国，现在是法国最具地方特色以及民俗保存最完好的地区，比如拥有自己的语言系统 Breton、蕾丝元素丰富的传统服装，风靡世界的可丽饼（Crêpes）也起源于此。

　　这里的绣球花弄得特别烂漫，中途偶遇的 La Clarte 曾被评为法国最美小镇，铺天盖地的绣球花布成了花墙、花毯，是那种绚烂到让你根本睁不开眼的夺目。日本镰仓明月院和成就院的绣球花也漂亮，但日式的雅，讲究克制和分寸；而欧洲的美，却是大胆放肆、无法无天的，同时还要有仪式感，花丛的中央，必定是毕恭毕敬的一座小教堂。

目的地是一个叫莫尔莱的小镇，之前在大多数地方看到的可丽饼要不铺着一层奶油巧克力，要不就是浇着蜂蜜、撒着香蕉片，看图片就腻得不行，大脑自然而然就把"可丽饼"和肯德基、麦当劳归为一类——不到万不得已不会买来吃的东西。

走过镇中央一排可比拟塞戈维亚的罗马式高架引水渠，往右手边小巷子走上去，有一排看起来没什么生意的小餐馆。弗朗索瓦带我们走进一间挂着红色招牌的店里，店名叫 L'Hermine，里面坐满拖家带口欢度周末的当地人，然而翻开菜单我就傻眼了，全部都是可丽饼！这是家可丽饼专门店！

但我还是低估了专门店的杀伤力，一边欢快地翻着法语词典一边点了个看起来很厉害的海鲜 mix 可丽饼。可丽饼只是充当了盘子的作用，上面是一堆浸在奶油里的扇贝、青口、虾，还撒上了小香葱。靠海小镇的优势显现出来了，海鲜是新鲜的而不是冷冻货！大概我是跑到法国的"青岛"了。

如果说巴黎要米其林三星才能体现一个城市的优雅，我不服，优雅该是日常的，布列塔尼的小镇要优雅得多。

　　厚厚一本菜单都是各种口味的可丽饼，只要你想得出来，"要一个海鲜、一个鸡蛋、两个火腿的，谢谢。"在我看来这应该就是我们的兰州拉面、小笼包子铺之类的，要碗面或要几个包子，吃饱了就走人。

海鲜可丽饼

　　唉，但法国人可不这样玩，得像模像样开一瓶红酒，不同口味的可丽饼一道道上，第一张可丽饼结束，让－艾夫斯问，接下来要哪一种？

　　这下我才傻了眼，可丽饼也要像法国大餐一样吃？把简单的鸡

　　　　　　　　　　　　　　　　　　　　⌛　黄桃可丽饼

蛋馅作为前菜，丰盛的扇贝青口、火腿芝士是主菜，加蜂蜜或蜜桃的算甜品，礼数周全，一样不能差。仪式感虽然不能当饭吃，却是让一道普通的菜变成不普通的魔法，也是一种把古老日子变得新鲜有趣的方式。

饭后被带去附近的"农业博物馆"，见到我们，一脸憨厚的售票大叔激动万分，"你们是这座博物馆建馆以来第一次到访的中国人！"

似曾相识的台词，记不清是哪一年在哪个地方听到过，但绝不可能发生在曼谷、吉隆坡、巴黎、东京，而是菲律宾的某个小村子、泰国素攀武里的一座寺庙，或是布列塔尼的一间博物馆。

花园城堡的有机午餐 ⌛

　　布列塔尼的最后一天是久违的家庭日，弗朗索瓦的大儿子一家、女儿劳拉携男友加上我们，同去一座叫 Château de la Roche-Jagu 的城堡午餐，大儿子还带来了出生不久的孙子。

　　餐厅就在城堡正对面，隔着一个优雅的大草坪，种着稀稀拉拉的绣球花，突然下起了雨。要是能在热乎乎的室内吃着热乎乎的菜，看雨中的一片郁郁葱葱也是蛮惬意的，前提是要有热乎乎的东西吃。在法国第一次觉得自己食运冲天，还真的有！这家有机餐厅主要供来参观的游人吃饭，只提供两种套餐，肉食或素食，外加一个汤，甜品是经典的布列塔尼蛋糕。

　　肉食是牛肉煎包，很别致的菜式，外面薄薄的皮用黄油煎过，内馅为烤到香酥的牛肉丝。对一个年纪轻轻却牙齿不好的人来说，

Château de la Roche-Jagu 城堡 ⧗

牛排往往是痛苦的抉择，看到这一包牛肉丝配热米饭惊喜得不知说什么好，终于不会有吞下一坨面包后仍旧是空落落的感觉了。

素食则是鸡蛋卷配绿色豆子，一堆奶酪蔬菜挤在旁边，洋溢着浓浓的乡土气息，实诚又简单。布列塔尼蛋糕甜度不高，中间软糯

⧖　法国布列塔尼乡村的午后（阔夫塔摄）

糯的还夹着酒浸葡萄干，配咖啡十分美味。并没有进入城堡看看的打算，保持一点距离感，很美。这世界并没有非去不可的地方，不是么？最值得珍惜的是共度的时光，还有一起喝下的美酒咖啡。

饭后的活动是搭船出海，沿着窄窄的入海口一直往外开。沿岸几乎都是森林，偶尔能看见一栋设计漂亮却孤零零的小别墅，海鸟扑扑地围过来抢人们手上的面包吃，景色开阔，空气清新，到了最宽阔的地方就是英吉利海峡了。

那天晚上回去，由潘先生给大家做了顿中餐，番茄炒蛋，土豆炖牛肉。吃着久违的米饭，喝着红酒，洗了一盘摘下来不久的杏子，聊着去邻居家看猫咪的计划，却不知此时正有乌云笼罩在法国南部的另一个海滨城市。

就在那天夜里，法国尼斯发生恐怖袭击，一辆大卡车冲进国庆游行的人群并开枪射击，造成七十五人死亡。

我们是第二天清晨去果园给植物浇过水，还去摸了一头奶牛的鼻子后，才从朋友们发来的问候中得知消息。布列塔尼和尼斯刚好呈对角线，相距一千三百多公里，此刻在这片宁静的、令人感到安全的乡野，我们安心地度过了最后一个上午。

很快，我就要独自搭上朋克小哥的顺风车，前往布列塔尼的首府雷恩，装作什么也不知道、什么也没有发生地，去继续我的欧洲之旅。

后记

吃货属性是一辈子的事。

五六岁的时候，有次爸爸带我出去吃饭，一群大人醉得人仰马翻，被司机搀扶着送上车。唯独我保持清醒，扫了一眼桌上原封不动的狮子头和大闸蟹，镇定自若地喊来服务员，装作小大人的样子，"帮我把这两盘菜打包！" 第二天早上爸爸酒醒，搞不懂怎么所有的大闸蟹都在家里了。

小学的时候去公园郊游，人家小姑娘摘了花插在头上，我却像神农尝百草一样，把每种花尝了一遍，海棠是酸的、月季没味道、金银花有点苦、一串红甜丝丝的，回家后被大人一顿痛骂，万一尝到个毒蘑菇怎么办？这馋性能活到现在也是奇迹。

高中夏天去悉尼交流，住在一户华裔人家，寄宿家庭的妈妈怕我吃不惯，每天尽想着给我做中式面条饺子米饭，我反而不领情，还理直气壮地说，"你们吃什么我就吃什么，我不爱吃中餐。"

多新奇啊，那时候家乡还不能随处买到高品质的面包黄油，对西方食物的概念还停留在肯德基、麦当劳等快餐店的薯条汉堡上，内心多想知道外面的世界每天都在吃什么。难得的自由活动时间，也会要求寄宿家庭的妈妈带我去逛当地超市，而不是看悉尼歌剧院等热门景点。站在一排排比我都高的意面、芝士、巧克力、火腿货柜前，我竟然逛了一整个下午，觉得世界向我打开了一扇新的大门。

如今已走过三十个国家，又在日本生活了一年半时间，其间吃过形形色色稀奇古怪的东西，从乌烟瘴气的路边摊到仪式感十足的米其林餐厅，现在却觉得，年龄越大，吃得越多，口味反而越狭窄了。

如果不是去欧洲、中东和印度旅行，或许还对真实的自己毫无察觉。曾经跟朋友争论"故乡胃"这个话题时振振有词，"谁说生在哪里就必须得喜欢或习惯吃哪里的东西呢？生于江南却兼爱清淡广东菜和豪放北方菜，有什么不可以？"

可以，只不过说来说去，还是"米饭炒菜系"的大前提。在东南亚旅行的时候，被充斥着各式香料的菜式给征服，住在日本京都的时候，味蕾又获得了新一轮的驯养。这种喜欢和本身的口味并不冲突，这些地方的料理并没有质的变化，核心元素是相似的——鲜、香、汤汤水水。

走得更远时，才发现不同的饮食方式会造成完全无解的误解。柏林一家慕尼黑风味餐馆里，我点了一根白香肠，它浸在煮香肠的清汤里被端上来。欧洲的礼节是客人一吃完就要收餐盘，见我吃完香肠，侍者迅速走过来准备收走我的香肠碗，我一下子急了，"没有吃完，我还要喝这个soup（汤）！"

侍者满脸狐疑地瞟了我一眼，放下碗，认真地纠正我，"这不是 soup！"

我知道我知道，soup 在你们眼里是那种稠稠腻腻、味道浓厚的东西，但是吃了两份炸土豆和一根香肠配面包之后，我只想喝一口没什么味道的、漂着香葱的清汤而已。

我有位德国朋友曾做过一个有关食物的纪录片，调查各国人民对于新鲜的概念，她说，"德国人的回答是两三天，美国人觉得在冰箱里放两个礼拜也 OK，但中国人则认为得每天早上去市场买活鸡活鱼才算新鲜。"

世界就是这样不同，多好啊，宽容是吃这件事上最重要的品质。在经历过一次次品尝之后，也才有可能在东京吃到完美的和风法国料理，在喀纳斯大山里与达到美味巅峰的羊肉面相遇，在布列塔尼乡村品尝到此生最佳的有机草莓，然后为了一只榴梿泡芙而爱上马六甲。

爱吃且肠胃好的人一定是被上天眷顾的，庆幸自己仍然对各种各样的食物怀抱孩童般的好奇心，没吃过的都想吃。真希望能够活到老，吃到老哎！

印度乌代普尔街头（苏岩摄）

附录

☆我最心仪的 10 家餐厅☆

福临门

米其林一星★　粤菜

地址：香港湾仔庄士敦道 35–45 号 Shop 3, G/F

新荣记

米其林一星★　江浙菜

地址：上海市卢湾区淮海路东段淮海中路 138 号

花小路さわ田

米其林三星★★★　怀石料理

地址：北海道札幌市中央区南 7 条西 4 丁目 プラザ7・4浅井
ビル 3F

京洛肉料理いっしん

米其林二星★★　牛肉料理

地址：京都府京都市东山区縄手通新桥东入ル祇园新桥元吉町

山玄茶

米其林一星★　怀石料理

地址：京都府京都市东山区祇园町北侧 347-9

Point

米其林二星★★　法国料理

地址：大阪府大阪市福岛区福岛 3-12-20 ツインコート 1F

大河乌冬

地址：京都府京都市伏见区深草西浦町 7-45-1

推荐· 天妇罗冷乌冬面

Justberrys Dessert House

地址：8,Jalan KL 3/1b,Taman Kota Laksamana,75200, 马六甲，马来西亚

推荐：榴梿晶露

人和豆品厂

地址：香港东角渣甸街 55 号

推荐：鱼肉煎豆腐

忆起之家

地址：486-4 Seogwi-dong, 西归浦市，济州岛，韩国

推荐：鲍鱼海鲜锅

图书在版编目（CIP）数据

命运早晚会让我们相遇的 / 叶酱图文 . — 成都：四
川人民出版社，2017.9
ISBN 978-7-220-10283-7

Ⅰ . ①命… Ⅱ . ①叶… Ⅲ . ①随笔－作品集－中国－
当代 Ⅳ . ① I267.1

中国版本图书馆 CIP 数据核字 (2017) 第 181524 号

MINGYUN ZAOWAN HUI RANG WOMEN XIANGYU DE
命运早晚会让我们相遇的
叶酱　图 / 文

出 品 人：黄立新

策划组稿：欧阳古牧
责任编辑：何红烈
装帧设计： 金赡文化
封面摄影：叶　酱　苏　岩
责任校对：袁晓红
责任印制：许　茜
出版发行：四川人民出版社（成都槐树街 2 号）
网　　址：http://www.scpph.com
E-mail：scrmcbs@sina.com
新浪微博：@四川人民出版社
微信公众号：四川人民出版社
发行部业务电话：（028）86259624　86259453
防盗版举报电话：（028）86259624
印　　刷：四川华龙印务有限公司
成品尺寸：146mm×208mm
印　　张：9
字　　数：200 千
版　　次：2017 年 9 月第 1 版
印　　次：2017 年 9 月第 1 次印刷
书　　号：ISBN 978-7-220-10283-7
定　　价：39.80 元